昭和は遠くなりにけり

団塊一期生の愚痴話

株式会社マックス取締役会長
澤地哲夫
SAWACHI Tetsuo

文芸社

はじめに――昭和の終焉から三五年目の春を迎えて

昭和・平成・令和と、気づけば三つの時代を生き、〝時の流れに身をまかせ〟られないなと感じ、Z世代の操る言語や意味不明・理解不能の行動に違和感を覚える一方で、昔懐かしい時代を思い返してみては、〝あの頃は良かったなぁ〟と古き良き昭和に想いを馳せている自分がいます。

そうは言ってみても、ありきたりの言葉で言えば「俺も歳取ったよ」で済んでしまうわけですが……。

しかし、歳を取ったと思いながらも〝何かおかしいぞ？〟〝どこかが違う？〟〝こんなはずじゃなかった？〟と、頭の中に〝？？？〟ばかりが浮かんでは消えていきます。

だったらいっそのこと、今の自分の胸中を漂っているさまざまな想いを吐き出してみたいと思い立ちました。

「昭和は遠くなりにけり」

「古き良き昭和」

「日本の今を創り上げた昭和」

――私は昭和にこんなイメージを抱いています。

今年で昭和が終わってからすでに三五年、令和六（二〇二四）年は昭和を基準に数え直すと昭和九九年になります。そこで、もうすぐ記念すべき生誕一〇〇年という節目を迎える昭和にスポットを当てて、懐かしくも、儚くもある〝昭和〟という時代を今一度思い返してみたくなったというわけです。


私は七年前に『人に優しい会社をつくる！　53歳で起業、年商50億円企業に導いた経営哲学』というビジネス書を出しました。

今度の本はガラリと変わって、喜寿を迎えた後期高齢者（昭和二二年生まれの団塊一期生）が自分の人生を振り返り、昭和を懐かしみつつ、同時に令和の今を大いに憂いながら書きました。

昭和生まれのご同輩の方々にとっては、人生の晩年を迎えて、今をどう生きるかを考えるきっかけにでもなればありがたいと思っていますし、こんな私の愚痴話にお付き合いいただき、今一度、昭和の良さを思い起こしていただけたら幸いです。

一方で、「その考えはおかしいだろう！」「えっ！　そんなことあったの」などと思われる方も、もちろんいらっしゃるかもしれません。とりわけ平成（令和生まれはまだこの本を読むのは難しいでしょうから。笑）生まれの方からは、異論・反論が続々と出てくるであろうことも重々承知しております。

私が若い頃、人は大正、明治に思いを馳せていたものです。

私たちは明治生まれの祖父の世代から、「今どきの若い者はなっとらん」などと言われていたものですが、それが今では一周回って、私が同じことを平成生まれの若者に言っているようなものかもしれません。

いろいろな意見があるのはいいことです。みなさん、ご自由に解釈いただければいただくほど、私としては著者冥利に尽きるというものです。

それでは、少しの間、団塊一期生の愚痴話にお付き合いください――。

目次

第2部　「後期高齢者は余生を楽しむ！」編

第1部　「こんな日本に誰がした!?」編

1. 喜寿を迎えた団塊一期生

七〇歳になった頃、経営の第一線から身を引こうと思った時期がありました。

そこで、時間が余るほどあったらまずは何をしようか考えたのです。

平日に自分だけの時間を取り、何者にも左右されない時間を持てる喜びで密かにほくそ笑みながら、今までできなかったこと、ずっとやりたかったことをしようとあれこれ考えた挙句、あるアイデアを思い付いて一人で悦に入りました。

私はお酒が大好きですから、平日の昼間からサラリーマンでごった返すビジネス街の日本蕎麦屋に入って、一人静かにお酒を飲もうと目論んだのです。

以下は私の妄想です――。

昼過ぎのビジネス街にある老舗の日本蕎麦屋。引き戸を開けてしばし店内を見回すと、働き盛りの若き会社員たちがせかせかと蕎麦をかきこみ、あっという間に席を立っていきます。

そんな彼らに「おいおい、そんなに急いでどこへ行く？」「そうか、仕事か。頑張れよ！」などと心の中で声をかけ、窓際の特等席に腰かけます。

「天ぷらとざる蕎麦、それからビールちょうだい。蕎麦は後にしてもらえるかな、少しゆっくり飲みたいから」

店員さんにそんな風に注文します。そして、冷えた瓶ビールをコップに注ぎ、ゴクリと飲み干す。しばらくするとやって来た天ぷらをサクサクと食べる。ビールが空いたら日本酒を頼んでゆっくり味わい、ようやく届いた蕎麦をズズッとすすります。

〝ああ、何という贅沢な時間だろう……〟

そんな非日常的な自由時間を満喫しようと思い立ったのです。

しばらくして、その企てを実行に移してみようと思いました。予行演習のようなものです。午後のスケジュールは白紙にして、万全の態勢でいざ、出陣です。

ところが、引き戸を開けた途端に討ち死にです。店の中では、ご同輩らしき方々が既に飲んでいるではありませんか。それも私専用のはずの特等席で、まさに天ぷらを肴に一杯やっています。店内はそんなご仁たちで満席でした。凡人が思い付くようなことは誰もが考えるという当たり前の現実に気づかされたのです。

蕎麦だけに、こそばゆくなっていたたまれず、そそくさと店を出ました。

団塊の世代は人数が多いのは身をもって知っていますけれど、まさか行動まで同じとは思いもしません。泣くに泣けない話ですが、いい勉強になりました。


――というわけで、私は令和六（二〇二四）年八月一五日で喜寿を迎えた「団塊の世代」一期生です。一期生というのは、私が生まれた昭和二二（一九四七）年は元官僚で作家の堺屋太一さんが命名した団塊の世代の最初の年に当たるからです。

五三歳で起業した遅咲きの経営者でもあり、今は会長職に就いています。

学者でもなく弁護士でもなく、ましてや有名人でもない一介の市井人《しせいじん》ではありますが、そんな私が出版を考えたのは、われわれ団塊一期生からすれば、今の世の中は理解しがたいことがたくさんあるからです。

もちろん私は戦後の日本しか知りませんが、若い頃はもっと誇りと希望を持っていました。敗戦後の混乱の中でも、日本人は復興に全力を傾け、必死に働き、世界に誇れる日本の礎《いしずえ》を築いてきたのです。

その間、阪神・淡路大震災や東日本大震災、熊本地震などの自然災害がありましたし、オイルショックやリーマンショック、地下鉄サリン事件や新型コロナウイルスのパンデミックなどさまざまな事件がありました。が、日本人はその都度復活を成し遂げました。つい最近、令和六（二〇二四）年の元日には石川県の能登半島地震が起きましたが、今現在、復興のために人々が頑張っています。

あの敗戦の日からもうすぐ八〇年、戦争もなく平和で未来に夢と希望を持てる国だったはずの日本ですが、最近はおかしなことばかりです。新聞を読んでも、テレビをつけても、ネットを見ても、残念に思うことばかりで溜め息しか出てきません。

そこで序文にも書きましたように、ある日、戦後生まれのご同輩たちに〝儚くも楽しい話〟をしてみたいと思い立ちました。といっても、この本は日本を憂うといったような大げさで堅苦しい話ではありません。

まあ、喜寿を迎える団塊一期生の愚痴話みたいなものです。

2. 気づけば我も後期高齢者!?

それから五年経って七五歳になった頃、自動車免許証の更新通知が届きました。案内を読むと五時間ほどかかると書かれており、はて、そんなにかかるものかなと思いつつ免許センターに行ったのでした。入口近くで講習場所はどっちかなとキョロキョロしていると、突然、エレベーター前にいた係の人に呼ばれたのです。

「そこの後期高齢者の方！　こちらです！」

周囲の人が振り向くような大声で手招きされました。きっと、耳が遠いに違いないと思って大きな声で呼んだのでしょう。ん、誰？　後期高齢者？　あ、俺か？　といった感じで、さすがに〝後期高齢者とは失礼な！〟とは言いませんが、大声で「後期高齢者！」と名指しされたらあまりいい気はしません。

不満を飲み込みながら、しぶしぶエレベーターに乗り、教室に入って室内を見渡して驚きました。どちらを見ても同級生かと思ってしまうような後期高齢者、いやご老人ばかり。セーラー服と学ラン姿がダブって見えたのは錯覚？　それとも幻覚でしょうか。令和の時代から昭和の木造校舎にタイムスリップしたかと思いましたよ。

しばらくして講義が始まりました……が、その直後です。

「先生！　トイレ」と一人の少年、いやご老人が手を上げるや否や立ち上がり、社会の窓を両手で押さえて出ていったのです。いやもう、なんて言うか、クラスに決まってそういうヤツがいたけれど、まるでドリフターズのコントです（笑）。

トイレおじさんが戻ると、まずは認知症のテストが始まりました。

「皆さん、携帯電話、時計はカバンの中に入れてください」と言われたのでそうすると、それぞれ四種類の絵が描かれた紙が五枚配られました。その絵を数分間見て覚えるよう言われました。

で、紙をしまうと交通法規などの話を三〇分ほど聞かされたのです。

それが終わると、講師が「先ほどの紙に書いてあった絵を答案用紙に書いてください」と言ったのです。これには驚きました。絵の存在なんてすっかり忘れてたからです。ちょっとそれはずるくないかと思いましたね。すでに気が緩んでましたので頭はパニック、悪戦苦闘しましたが、何とか半分くらいは正解できたと思います。

その後は今日の日付を聞かれたり、始まってから今までどれくらい時間が経過したか聞かれたりなど、これも認知症のテストが行われて筆記試験は終了です。

続いて乗車試験ですが、こちらも悪戦苦闘です。一時停止すべき場所で止まるのを忘れ、助手席に座る息子くらいの年齢の教官に「だめです！」とムッとした顔でブレーキを踏まれ、すっかり肩を落として縮こまって教室に戻ってきました。

教室では、既に乗車試験を終えた同級生たちがワイワイガヤガヤ教官の文句を言っていました。「俺なんて五〇年も運転してるんだぞ！　まったく何言ってるんだ」と言っているのはトイレおじさんです。

「道路標識なんて変わってるだろ！　見たことないのがあるんだよ」と言う人もいて、そう言えば、私も道路に描かれた細長い菱形マークの意味が分かりませんでした。あとで女房に「あんなマークあったっけ？」と聞いたところ、横断歩道があるから徐行しなさいという意味だと教えてくれました。

さて、そこへ審査結果を持った教官の登場です。今後の命運がかかった瞬間ですから、みんな息を飲んで教室中がシーンとしました。が、後期高齢者は全員が無事に合格して、めでたし、めでたしでした。

「なあ、言っただろ。五〇年やってるんだから」と、トイレおじさんはご満悦です。

それにしてもまあ、心も体も疲れた一日でした。


そう言えば、最近、こんなこともありました。

しばし仕事を離れて、昔懐かしの名画を一人静かに鑑賞しようと、平日の昼間、最寄りの映画館に行った時の話です。場内に入ると、席はそこそこ埋まっており、かつての同級生と思しきご老人があちらこちらにポツポツと座っていました。

映画が始まると、昔ながらのありふれたストーリーのありふれたワンシーンに、かつての若者たちが泣いたり笑ったり一喜一憂、まるで学校の体育館に並んで座って観た映画鑑賞会のようです。同年代は感じるところも一緒だなと思った次第です。

それにしても、どこに行っても団塊の世代の多いことよ。少しうんざり、嬉しくもあり、悲しくもあったひと時でした。

3．バブル……それは泡沫の夢

「石を投げれば団塊の世代に当たる」

われわれの世代は若い頃からこう言われていました。

まさにその通りで、団塊の世代三年間の出生数は毎年約二七〇万人でした。令和四（二〇二二）年の出生数は約七二万人だそうですから、実に四倍近い数字です。

しかも、国勢調査によると団塊世代の人口は今も全国で約五九六万人（令和二年調べ）いて、総人口の四・七パーセントを占めています。日本人の約二〇人に一人は団塊の世代だそうですから、我ながらそんなに多いのかと驚いています。

下の世代からすれば「目の上のたんこぶ」と煙たがられる世代ですが、われら団塊の世代は戦後の荒波を乗り越えてきた貴重な世代だと自負しています。

そんな団塊世代の同志への「熱い思いを込めた歌」を作りました。是非ともご唱和……というわけにはいきませんので、ご一読ください。

『花の団塊世代』

マイク片手に明日《あした》を憂い
こぶし突き上げ叫んでみても
社会に出たならただの人
昔の顔は今はない
鼻たれ小僧の見上げた先に
明日《あす》の希望が見えたのか
ああ我ら花の団塊　団塊世代

馬鹿だアホだとこき使われて
深夜残業あたりまえ
それでもたまには接待で
少しはもてたと勘違い
香りの怖さも女の意地も

甘い世界が忘られぬ
ああ我ら花の団塊　団塊世代

今の日本があるのはなあ～
俺ら世代のお陰じゃないか
馴染みの飲み屋で息巻いた
あの勢いが懐かしい
幼い孫らの笑った顔が
今の俺には生き甲斐か
ああ我ら花の団塊　団塊世代

喜寿を迎えて分かったことは
うちの女房の優しさ怖さ
残りの人生いつまでなのか
老いて従い生きてゆく

熟年離婚もどこ吹く風と
我が人生に悔いはなし
ああ、我ら花の団塊　団塊世代
ああ、我ら花の団塊　団塊世代

——ではここで、時計の針を逆回転させて過去へ戻してみましょう。

とにかく団塊の世代にとって忘れられないバラ色の日々がありました。

そう、バブル経済です。私が四〇歳前後の、まさに人生の荒波を知り始めた頃に歌の歌詞にもあるような好景気が始まりました。バブルとは言い得て妙で、誰が名付けたか知りませんが、泡沫《うたかた》のごとく非現実的な世界だったのは間違いありません。

「国民総生産五〇兆円を超す　西独抜き西側二位」という見出しが新聞に躍ったのは昭和四四（一九六九）年のことで、日本は経済大国へと再スタートを切ったのです。高度経済成長を成し遂げ、「ジャパン・アズ・ナンバーワン」と称され、アメリカの富の象徴ともいえるニューヨークはマンハッタンにあるロックフェラーセンターを日本企業が買収したのは平成元（一九八九）年のことでした。

経済大国日本の名を世界にとどろかせた胸張れる時代が確かにあったのです。全国民が誇らしく日本経済の大成功を実感し、仕事に学業に邁進していったのです。

当時の私は広告会社で営業職をしていました。大手クライアントをいくつも抱え、朝から晩まで企業戦士として二四時間戦っていました。「働き方改革」を旗印に掲げる現代日本では考えられませんが、「二四時間戦えますか?」という栄養ドリンクのCMが一世を風靡しました。

誰もがこの好景気は永遠に続くと思っていましたし、不況なんかやって来るわけないだろうと思っていたというのが実態です。

仕事は面白いように取れ、業績も絶好調で順風満帆の営業マンでした。あの頃はよく銀行マンが私の席まで来たものです。現代のようにセキュリティーが厳しくない時代、会社は誰でも出入り自由で、それこそ銀座の借金鳥も入って来られました。

こちらは当時、月給二〇万円もいかないしがないサラリーマンです。そんな若造にメガバンクの銀行マンは高額なマンションやゴルフ会員権、株を勧めてきます。

「ちょっと待って、返済できるわけないでしょう」と言うと、銀行マンは「大丈夫! すぐに売れば儲かりますよ」とゴリ押ししてきます。そんな言葉に乗せられてバブル崩壊直前にゴルフ会員権を買った同僚がいましたが、さてどうなったことやら。

そして、バブルと言えば夜は接待です。会社の経費ですから、いくら使っても腹は痛みません。銀座、赤坂、六本木へと、毎晩のようにクライアントに一流クラブに連れて行ってもらいました。今思えばほんと懐かしくも幸せな時代でした。

さんざん飲み食いして、帰りはもちろんタクシーです、しかし、銀座の街は深夜〇時過ぎだというのに人混みでごった返していて、流しのタクシーなどなかなかつかまりません。中には万札を指で挟んでタクシーを止めようとする猛者《もさ》もいました。

結局、馴染みのスナックで時間をつぶし、ようやくタクシーを捕まえて帰宅できたのは午前四時。ひと眠りしてまた出勤というハードワークの繰り返しでした。

いずれもあぶく銭で浮かれていた泡沫の夢のような本当の話です。それでも、われら団塊の世代は、あのバブルの真っただ中で社会勉強したのです。

4. 中小企業はつらいよ！ 令和編

団塊の世代は「戦争を知らない世代」と言われましたが、今の若者は「バブルを知らない世代」と言ったところでしょうか。ついつい昔語りをして、バブル時代の武勇伝を語ろうものなら、「いい思いしたんですね」と皮肉られます。

しかし、平成二（一九九〇）年三月に大蔵省（当時）が通達した「不動産融資の総量規制」によって世の中の様相が一変しました。いわゆるバブルの崩壊です。大手証券会社が自主廃業に追い込まれて世間を騒がせたのは平成九（一九九七）年です。

世界的に見てもバブル崩壊は象徴的な出来事で、一九八九年にはベルリンの壁が崩壊し、三年後の一九九一年にはソビエト連邦の崩壊によって単一国家としての存続を終え、東西冷戦が終結しました。世界が争いのない平和な時代へと舵を切るような出来事が続きました。そんな中で日本はバブル経済の崩壊を迎えていました。

つまり、この時代のキーワードは「崩壊」だったのです。

昔から「好事魔多し」「驕れる者は久しからず」という格言がありますが、まさに一寸先は闇。良いことは長続きしないというのは世の理です。

バブルの崩壊によって株価や土地の価格が下落に転じた時は、しばらくすれば回復するだろうといった楽観論もありましたが、「失われた一〇年」が二〇年になって、三〇年になり、このままで行くと「失われた四〇年」になりそうな勢いです。

平成九（一九九七）年をピークに日本のＧＤＰは下がり始め、平成二二（二〇一〇）年には日本は四二年間保ってきた世界第二位の経済大国の地位を中国に譲り、ちょうどこの本を書いている令和六（二〇二四）年二月にはドイツに再逆転されてしまいました。すぐ足もとにはインドの影が忍び寄っていて、このまま円安が続けば近い将来、世界第五位に転落するのは明らかだと経済評論家は言っていました。

この間、円安が続いて景気は低迷し、人口は減少して超高齢化社会となり、同時に生産性も伸び悩んでいます。私はこんな日本の姿を想像もしませんでした。

今後の成長予測もパンデミックの収束でインバウンド需要の増加は期待できるものの、大きな回復基調は見込めないというのが専門家の意見の大半です。

悲しいことに、日本という国が自らの価値を見失ってしまった時代なのです。

なぜなら、「日本ってどんな国ですか？」って聞かれた時に、これって答えられないでしょう。日本は資源がないし、あって富士山とか京都とか観光資源しか思いつきません。だからこそモノづくりの国でなければいけなくて、先人たちは「メイド・イン・ジャパン」こそ信頼の証と、世界を相手に誇りを胸に頑張って来たのです。

それがいつしか人件費が安い中国で生産させて利益を出すようになって、中国が急成長すると今度はベトナムやタイなど東南アジアに活路を見出しています。でも、それって、結局は国内の製造業が空洞化していることに他なりません。

今では円安が続いて日本が魅力的な労働市場ではなくなり、外国人労働者は日本に来なくなっています。近い将来、日本人が海外に出稼ぎにいくかもしれません。実際、アメリカの工場で一カ月働けば相当の収入になりますから、それを求めて海外脱出している若い世代も出てきているようです。

はっきり言って中小企業の経営が一番大変です。大企業のように世界と渡りあえる体力があればいいですけれど、中小企業の経営者は今、みんな泣いています。

零細企業や町工場はなおさらです。その上、令和五（二〇二三）年一〇月からインボイス制度が始まりました。簡単に言えば、これまで消費税の申告が免除されていた売上一〇〇〇万円以下の事業者も取引先との関係から免税事業者のままでいるわけにもいかず、結果的に消費税を徴収される制度です。なんでそんな風にしてまで中小、零細業者をいじめるのか、本当に腹が立って仕方がありません。

税務署は民間企業からは税金を一滴残らず絞り取っていますが、パーティー券のキックバックを受けていながら収支報告書に記載していなかった国会議員は、発覚しても記入漏れと言い訳したり、秘書のせいにしてトカゲのしっぽ切りをしたりしてそれ以上はお咎《とが》めなし。これが民間企業だったら脱税で即刻逮捕されるところです。

皆さんもご存知のように、日本企業の実に九割以上を占めるのが中小企業です。しかも、その六割以上が赤字だと言われています。にもかかわらず、赤字の中小企業に鞭を打つようにして税金を絞り取るような政策でいいんでしょうか？

中小企業の数がそれだけ多いということは、中小企業が元気になれば日本全体も活気を取り戻すということではないですか。すぐに答えが出るような問題ではありませんが、中小企業で働く人々が笑顔になれるような時代が来て欲しいと熱望します。

5. 政治不信も極まれり

令和五（二〇二三）年の秋以降、政治家の裏金問題が世間を騒がせていますが、ほんと今の日本の政治家にはがっかりすることばかりです。

自民党の議員が軒並み政治資金集めのパーティー券のキックバックを受けながら、政治資金収支報告書に記載していませんでした。使途に関してさまざまな噂が飛び交っていますが、その総額は一説によると六億円にも上るといいます。

次から次へと疑惑が出てきて、裏金の金額や使途を追うことすら難しくなっています。ただ一つ言えることは、先ほども言いましたように秘書に全て責任を押し付け、せいぜい大臣を辞任する程度で逮捕すらされないというのは納得できません。

元幹事長のN議員に至っては、領収書の書籍代が三五〇〇万円だそうですから開いた口が塞がりません。仮に一冊二〇〇〇円としても約一万八〇〇〇冊、図書館が開けそうな本の数ですが、一体何を買ってどこに保管しているのでしょうか？

この事態に岸田文雄首相は政治の浄化を約束し、「火の玉」となって国民の信頼回復に取り組むと決意を述べました。火の玉ではなくて、「火だるま」と言っていた野党議員もいましたが、もはや笑えない冗談としか思えません。

その岸田首相の支持率は二〇パーセント前後に落ち込んでいます。この本が出る頃には総理大臣を辞めている可能性もなくはないですが、かといって代わりの誰が総理大臣にふさわしいかというと、これまた思い浮かばないのが悲しい現実です。

敢えて言わせていただきますと、私は戦後の総理大臣では田中角栄がやはり傑出していたと思います。「日本列島改造論」を打ち出したことで、日本は世界に誇れる国への第一歩を踏み出したのです。圧倒的なリーダーシップで首都と地方を結ぶ鉄道や幹線道路といったインフラ整備に莫大な予算を付け、空前の土地神話が生まれました。自動車産業の到来を予測してガソリン税を制定し、大幅な予算を列島改造計画に注ぎ込んで流通業も観光業も景気回復に向かわせたのでした。

田中角栄首相以前には吉田茂、岸信介など名宰相が名を連ねていましたが、平成以降、日本の総理大臣で国家の明確なビジョンを持った人物はいたでしょうか？　非常に残念なことですが、私はいないと思います。

政治家が法の網をかいくぐる一方で、同じことを企業がやったら脱税で逮捕されます。

一般庶民だってそうです。先日、とある県の中学校の校長が、コンビニのコーヒーをレギュラーサイズで買ったのにラージサイズの量を入れたことが発覚し、窃盗罪で書類送検（起訴猶予）されて、結果として退職金も受け取れずに懲戒免職されました。たかが一〇〇円、二〇〇円で人生を棒に振る人がいるのに、数千万から億単位のお金をごまかした政治家は平然としている。これってやっぱりおかしいですよ。

まあ、政治家は決してクリーンなだけではやっていけないという意見があるのも分かります。田中角栄にしてもロッキード事件で失脚して逮捕されたわけですから、その功績を全面的に支持するわけにはいかないかも知れませんが、それを承知で言わせていただけば、田中角栄のビジョンは実に立派だったと思います。

ここで一つ質問があります。日本の総理大臣の月給っていくらかご存知ですか？　五〇〇万円？　一〇〇〇万円？　それとも二〇〇〇万円？

いいえ、正解は二〇〇万円プラス四〇万円の手当てがついて約二四〇万円だそうです。それに年二回のボーナスが出ますから年収約四〇〇〇万円になります。ただし、令和五（二〇二三）年一一月に年四六万円アップする法改正が通り、民間企業の給料が上がらないのに総理大臣の給料は簡単に上がるのかと非難轟々でした。

でも、読者の方はこの金額って高いと思いますか、それとも安いと思いますか。いろいろな意見があるとは思いますが、仮に私がこの給料で日本の舵取りをしてくれと頼まれたら、「いやいや、この金額じゃ到底できないよ」と断るでしょう。

今どき、ベンチャー企業の若手経営者だって四〇〇〇万円くらいもらっています。その意味では、もともと総理大臣の給料が低すぎると私は思いますね。

暴論を承知で言わせてもらえば、最初から総理大臣の年収を三億円くらいにしておけばいいんじゃないかと。そうすれば金持ち喧嘩せずで、私腹を肥やすなんてことはしないでしょう。総理大臣が規範を見せれば他の議員も従うでしょうからね。

さて、この問題、皆さんはどうお考えになるでしょうか？

6. コロナ以前とコロナ以降

令和という時代を語る上で——もちろん大それたことを言うつもりはありませんが——切っても切り離せないものの一つがコロナであることは間違いありません。

令和二（二〇二〇）年二月、横浜港に停泊中の豪華客船の乗客・乗員が、未知のウイルスに感染して相次いで亡くなる事件が起きました。しかし、この時点ではまさかこれほどの大惨事になると予想できた人はいなかったのではないでしょうか。

スペイン風邪やペストのような疫病が、現代社会で流行《はや》るはずがないと誰もが思っていましたが、そんな楽観論はあっけなく吹き飛びました。私より少しだけ若い志村けんさんが、突然、コロナで亡くなった時は本当に驚きました。

あと何年かしたら、歴史の教科書には新型コロナウイルスが人間社会にいかに大きな影響を与えたか説明するページができていることでしょう。新型コロナのパンデミック以前と以降で、世の中はそれくらい大きく変わりました。

マスクの着用、アルコール消毒、ワクチン接種、ソーシャルディスタンス、緊急事態宣言、ロックダウン、時短営業、在宅（テレ）ワーク、リモート会議……など、新型コロナウイルスによって、世界の生活習慣に大きな変化が訪れました。

そういえば、あの「アベノマスク」はどこにいったかな？

それ以前、日本のインバウンド観光は隆盛を極めていました。東京・銀座の目抜き通りに観光バスが次々駐車し、そこから中国人が大挙して降り立ち、ブランドショップやデパートに続々と入っていきました。「爆買い」という響きも実に懐かしい。

ところが、新型コロナのパンデミックで外国人の入国が禁止され、緊急事態宣言が発令されると街から人の姿は消えました。

当時は飲食業や旅行業がクローズアップされていましたけれど、我々のような消費活動の最前線に位置するマーチャンダイジングのビジネスも非常に厳しい事態に陥りました。何しろ、訪店禁止といって、スタッフが店を訪ねることができなくなってしまったのですから文字どおりお手上げです。

マーチャンダイジングのビジネスモデルは、スタッフが店舗に足を運ぶことで成り立っています。一人ひとりのスタッフが店舗を訪ね、売場担当者と顔を合わせて、いろいろな情報を聞いて売り上げアップのための提案をするのが商売の基本です。極端な話、全ての店舗から来ないで下さいと言われたら、売り上げがゼロになってしまう可能性だってあるわけです。当初、そこが一番大きな打撃でした。

もう一つの問題として、こちらはどんな業種でもそうかと思いますが、クライアントと直接会えないことがあります。当然、営業活動にとって非常に大きなマイナスです。

さらに、社員を満員電車には乗せられないためにテレワークとリモート会議が奨励されました。店舗に行くな、どころか、会社に来るなというわけです。こうなるともう団塊の世代はついていけません。ただ、日本の中小企業のテレワーク率は低かったようで、みんなマスク姿で満員電車に乗り込んで出勤していたのです。

当時はテレワークとリモート会議で、生産性が三割くらいは落ちると言われていましたが、今ではそれらも普通になっています。ただし、生産性は減っても、テレワークが増えれば事務所の規模は縮小できますし、通勤、出張などにかかるさまざまな費用も減りますから全体的に見れば経費削減にはなるでしょう。

大手人材派遣会社がコロナのパンデミックを機に本社を東京から兵庫県の淡路島に移転させたことも記憶に新しいところです。コロナ禍で社員の三、四割がテレワーク勤務になったからという判断のようです。地方はオフィスの賃料も安いですし、コロナによってビジネスの在り方が大きく変わったのは紛れもない事実のようです。

我が社もテレワークは普通になりましたが、業種的にはそうできるようになるまでには大変な苦労がありました。店舗の担当者を訪ねなくても済むように、独自に足を運んで店内の写真を撮るなどして、それらを基に担当者とリモート会議を重ねることもありました。それ以外にも社員たちは物を売るためのアイデアを出し合うことで、コロナ禍での新しいマーチャンダイジングの在り方を追究してくれました。

その結果、お陰様で令和二（二〇二〇）年もそれ以降も、売り上げ的にも利益的にも減らすことなく今日まで来ています。

そういう意味で、我が社は時代の変化についてこられたわけですが、テレワークとかリモートとかの是非となると、団塊の世代の私にはまだまだ納得がいかないところがありますが、今回はこの辺で……。

7. 働き方改革って改悪でしょ？

先ほど、新型コロナのパンデミックでビジネス環境が変わったと言いましたが、正確には、それまで変わりつつあったものがコロナ禍によって一気に変わったと言った方がいいかもしれません。実際、リモート会議などは以前からありましたから。

リモートの他にも、ここ数年、見知らぬ単語が飛び交っています。コンプライアンス、ハラスメント、ジェンダー、ＳＤＧｓ、生成ＡＩ、チャットＧＰＴ……と、ついていくのが精いっぱい。ましてやそれ以前から言われている「働き方改革」にしても納得しているわけではありません。日々、〝首を傾《かし》げる〟ことのなんと多いことか。皆さんと一緒に今の日本のあり様を考えてみたいと思います。

先日、タクシーに乗った時に運転手さんとそんな話になりました。運転手さんいわく「自分はもっと働きたい」そうです。東京のタクシー需要も増えていますから、お客さんには事欠きません。ところが、労働時間はもちろん、走行距離数まで決められているとか。しかも、四時間働いたら二〇分の休憩を取らないといけなくて、それを破ると始末書を書かされるそうで、「やりにくくて仕方がない」と嘆いていました。

会社側から見れば、事故が起きたら困るとか、残業が多すぎると労働基準監督署ににらまれるとか、自分から予防線を張っているわけです。

一方で、運転手さんにすれば歩合制ですから、これまで働けば働くほど収入が増える環境にあったのが、ある日突然、働き方改革とやらで勝手に就業規則を決められて、収入を制限されてしまったのですから納得できるはずがありません。働き盛りの年代なら、もっと働いて稼ぎたいと考えるのが普通です。

それができない世の中というのはやっぱりおかしいですし、もっと働きたい人が働けない働き方改革も本末転倒のように思います。

まあ、昔のように二四時間戦えとまでは言いませんし、自分はあまり働きたくないという人は月に残業四〇時間くらいまででいいですけれど、仕事が好きで、もっともっと働きたいという人の意欲までそぐのはいかがなものでしょう。

最近よくこういう言葉を聞きませんか？　「そういう時代だから」って。そういう時代っていったいどういう時代なんでしょう？　そういう時代に慣れてしまった若者が、果たして日本に活力を取り戻すことなんてできるんでしょうか。

これも先日、銀行の重役さんが言ってましたけれど、昔は銀行マンといえば営業ノルマがあって、部屋の壁に貼られた棒グラフで売り上げを示し、みんなで競っていたものです。それが今、営業ノルマがないそうです。これには私も驚いて、「なんでないの？」と聞いたら、重役さんは「そういう時代だから」って言っていました（笑）。

まあ、我が社もノルマはないですけれど、もちろん、売上の目標設定はあります。ただし、この目標設定がやはり昔とは違います。

たとえば私たちが若い頃だったら、目標は高すぎるくらいの数字に設定して、そこに向かって必死になってみんなで頑張って達成するというのが普通でした。倍々ゲームとはいきませんが、目標は高く設定しておくものだったのです。

目標自体が高いから、仮にその目標の数字を達成できなくても、前年度の何十パーセント越えができたとしたら、「みんな頑張ったな！」「よし、次はもっと頑張ろう！」などと肩を叩き合って、大幅な売り上げ増に社員全員喜び合ったものです。

ところが今、目標設定は数パーセントアップでいいそうです。

「人間っていうのはね、目標を高くしなければ頑張れないだろう！」

私がそう言ったら、これまた「今はそういう時代じゃない」と言われました。

よく分かりませんが、今の世の中は達成感を味わうことが大事なんだそうです。

「目標が高すぎると達成感が得られません。必ず手の届くところに置かなければ目標じゃないんです」とまで言われてしまいました。

わずか数パーセント増の目標だけど、それを達成したことでみんなで喜びを分かち合うそうです。私にすれば、数パーセントの低い目標を達成できてそんなに嬉しいものかと思ってしまいます。

最近はそういうやり方に慣れてきて、それで社員が自信を持って前向きに働けるならいいかと割り切って考えるようにしました。

それでも、「そういう時代だから」というフレーズに納得できないのは団塊の世代だからでしょうか。人と同じことをしていては目立たない、負けず嫌いな精神構造の団塊世代は、やっぱり右へならえはできないようです。

8. リモートワークって必要!?

天気のいい日には、家からほど近い海沿いの公園までよく散歩しています。するると、釣りをしている人や家族連れで遊んでいる人がたくさんいます。コロナ禍以降、平日に若い男性が小さな子供と遊んでいる姿が特に増えている気がします。彼らは公園内に小さなテントを張って、そこをベースにして遊んでいます。

ある時、なんでこんなに若い家族が増えたんだろうと疑問に思いました。あれこれ考えてみたところ、納得できる一つの答えが浮かびました。

そう、リモートワークです。

実際にテントの中を覗いてみたわけではありませんが、彼らはそこにノートパソコンを持ち込んで打ち合わせや会議をリモートで済ませて、合間合間に子供と遊んでいるに違いないなと思ったわけです。今はパソコンの背景画面だっていくらでも作れる時代ですから、どんな背景でも「家で仕事してます」と言えば、誰も疑いません。

どこでも仕事ができるというのは確かにいい時代になったと思いますが、勤務時間という概念がないのかと疑問に思うわけです。仮に朝の九時から夕方五時までが勤務時間だとしたら、たとえリモートでもその間は仕事をするべきじゃないかと。

公園で子供の面倒を見て、その合間に仕事をしているのはやっぱり納得がいきません。仕事の合間に息抜きに子供の面倒を見ているという言い訳もできますが、会社に来てたら、そもそも就業時間中に息抜きをすることすらおかしいはずです。

勤務時間中くらいしっかり働きなさいと思うし、実際、働いているんでしょうけれど、そこのところがやっぱり「なんで？」って首を傾げるわけです。

現状、リモートワークってどれくらい普及しているのか調べてみたら、令和五（二〇二三）年の実施率は一四・六パーセントで、男性が二一・五パーセント、女性が八・三パーセントだそうです。また、テレワークを導入していない会社も七四・六パーセントだそうですから、思ったより普及してないですね。

確かにリモートにはリモートの良さがあります。どんな僻地でも、通信環境さえあれば直接対面しなくても打ち合わせできるわけです。でも、やってる本人たちはどうかというと、例えば、〝前の晩に飲み過ぎたから会社出るのも面倒だし、今日はリモートにするか〟なんてこともできてしまうわけです。リモートワークは認められた権利だけど事前に上長の許可がいるって言っても、なし崩し的にできます。

そうすると、ひねくれた見方をすると、せいぜい四、五時間働いて、リモート会議の終了後はいくらでも自由時間にできます。しっかり八時間労働しているわけでもないのですから。

ただ、仕事しているかどうか監視するソフトもあるそうですし、必ずパソコンのカメラをONにしておかないといけないという会社もあるらしいです。でも、そこまですると、今度はプライバシーの侵害だとものすごく反発が強くなるでしょう。

私がやってきた時代と比較してみても、とんでもない時代になったものです。

まあ、最近ではリモートでないと働きたくないという人も出てきているようです。そういう人間が出てきたことにも驚くしかないのですけれど、そもそも団塊の世代にとっては、平日に家にいるのが恥ずかしいと思ってしまうのです。

「あの人、会社辞めちゃったの！」とか、「リストラされたんじゃないの？」なんて思われるのは心外だからです。

昔よく、リストラされたのに家族に言えなくて、毎日スーツ着てネクタイ締めて、カバン持って家を出るという人がいたじゃないですか。山手線でぐるぐる回って、どこかで途中下車して公園で弁当食べて、という。

　要するに男は昼間は働いてるものだという意識が強いんですけれど、今はもう、平日の公園に若い連中が普通に遊んでいます。「昼間から公園で何してるの？」って聞いても、きっと「リモートですよ」と軽く言われてしまうのでしょうね。

　これも知人の銀行支店長の話ですけれど、その銀行ではノートパソコンに監視ソフトを入れていて、マウスをしばらく動かさないでいると銀行に報告がいくシステムになっているそうです。「それ、行員は了解してることなの？」って聞いたら、「了解するもしないもない。これだけはやらせてもらわないと」とムキになっていました。

　それはそれで嫌な世の中だなと思いますけれど、猫とでも遊ばせておけば銀行には仕事している形になっているのかと考えて笑ってしまいました、マウスだけに。

9．安易な転職やめようよ！

最近、テレビを見ていると、転職エージェントのコマーシャルがやたらと目に付きます。転職で悩んでいる若者が、スマホの専用アプリに登録した途端、条件のいい企業から早速オファーが来るというまさに夢のような展開です。

まあ、我々の時代は「終身雇用」が日本社会の常識でしたが、今や終身雇用なんていう言葉も昭和の亡霊と化しています。あの頃は、訳あって退職したら中途採用を探すために職安――今はハローワークですが――に通ったものです。それがいつの間にか、転職エージェントが隆盛を極める時代になりました。

それも昔だったら辞めてから探すところですが、今は在職中から探すのが常識で、しかも一社に絞るのではなく、三社も四社も複数登録しているようです。

ひと昔前は就職氷河期なんて言われていましたけれど、最近は人手不足と若者人口の減少で求人は売り手市場になっています。聞いたところ、特にＩＴ関係の業種は引く手数多《あまた》らしく、転職エージェントに登録した途端、本当にコマーシャルのように一部上場企業から相当いい勤務条件でオファーが続々と来るそうです。

そういう話を聞く度に、昭和の日本人は会社に対する忠誠心があって、できれば一生一つの会社で働きたいという時代がありましたが、それも遠い昔になったものだなあと思うわけです。同期と切磋琢磨し、肩を叩き合って頑張り、ミスしたら慰め合う。その一方で出世競争ではライバルとして互いにしのぎを削る――そういう風土がありました。それが高度経済成長の原動力となったのは間違えようのない事実です。

ところが、最近の若者はそんな熱い世界とは無縁です。

入社したと同時に転職エージェントに登録している若者も普通にいます。それでチャンスが来たらパッと転職する。今の若い子たちに定年まで一つの会社で働き続けるという意識はないですし、それどころか、五年も一〇年も一つの会社に勤めることすら、さらさら考えてないのではないかと思うことがあります。

ただ、転職には「三五歳の壁」というものがあって、二〇代は引く手数多でも、三〇代にもなると課長クラスのポストになって〝即戦力〟が求められますから、専門性の高い知識やスキル、マネジメント経験が問われた結果、狭き門になります。

だからこそ、三五歳というタイムリミットが来るまでに気に入った企業を見つけるんでしょうけれど、そこから先は一つの会社で働くのか、これまた疑問です。

しかも、最近では「退職代行サービス」と言って、本人に代わって退職を会社と交渉する会社もあるというから呆れてしまいます。退職届の提出はもちろん、残りの給料や有給休暇の消化交渉もしてくれるそうです。

そんな世の中ですから、いちいち社員が辞めることを苦にしてたらやっていけません。新卒で入った企業は踏み台なのかと思うと情けなくなりますけれど、実際、今は入社から三年経ったら残るのはせいぜい三割とまで言われているそうです。

三年いたらもう御の字で、五年経ったら新卒同期が誰一人残っていないケースもあると聞きます。大企業もメガバンクも例外ではありません。「人材の流動性」と言えば聞こえはいいですけれど、そんな時代に「全社一丸となって、会社のために頑張ろう！」なんて言ってたって、嘆かわしいことに空々しく聞こえます。

中でも私が疑問に思うのは、こうした転職が本当に自分のキャリアアップのためになっているのかということです。よく、欧米では有能な人間がヘッドハンティングされたり、あえて高いレベルの会社を目指して転職したりするケースが普通だといいます。

日本の若者もそうであるならばいいのですが、ただ単に今の会社や上司が気に入らないとか、それこそリモートワークオンリーがいいとか、あるいは、もっと楽な会社がいい、給料が高い会社がいいといったキャリアアップでも何でもない理由で転職する若者が多い気がします。もちろん、中には優れた能力を持った有望な若者もいます。そういう若者であればいくらでも中途採用で来て欲しいですけれど、現実問題として、ただ、ぬるま湯に浸かっていたような連中もいるでしょう。

そこはやっぱり「アリとキリギリス」の話ではないですが、楽して転職するより、まずは自分のキャリアをしっかり磨くことを考えて努力した方が、将来の自分の財産になるんじゃないかと昭和の頑固おやじは思うわけです。

だからこそ、私自身は一期一会、少しでもわが社で働いてくれた社員はみんな家族という意識です。転職を選択して去っていくのは寂しいですけれど、「いつでも戻って来いよ」と言って送り出していますし、実際、戻って来た社員もいます。

武者修行に出た若者が戻って来たようで、そういう時は素直に嬉しいものです。

10. 団塊世代 vs Z世代

♪ナンバーワンよりオンリーワン

――そんな意味合いの歌詞の歌が大ヒットしたのはいつ頃だったでしょう？

その頃からかも知れませんが、若者は必死に頑張って一番を目指すことを諦めてしまったような気がします。ナンバーワンでなくてオンリーワン、つまり、自分は自分だからありのままでいればいいといった考えが日本人の間に定着しました。

そういえば、「ありのままで～」と歌う映画のヒット曲もありましたね。競争社会に慣れている団塊の世代には、どうにも生ぬるく思えて納得いきません。

先ほども話しましたけれど、目標は高く掲げるより低くても実現可能なあたりに設定するというのも、根底には同じ考えがあるのではないかと私は思います。結果を出すより頑張っている自分がかわいいみたいな。でも、団塊世代は〝それでやりがいは持てるの？〟〝人生、それで楽しいの？〟と、老婆心ながらそう思います。

私はよく若い社員と話す機会がありますが、今の若者だって、やりがいを求めていることには変わりありません。でも、それは決して昭和のように貪欲なやりがいとまではいきません。だからといってやりがいよりお金だとも思っていない。

要するに、そこそこのやりがいがあって、そこそこのお金が儲かる仕事がいいというわけです。〝そんな都合のいい会社があるの？〟って思いますけど、最近は「ゆるブラック」といって、誰でもできる単調な仕事の繰り返しで、特別なスキルは不要、楽にできる仕事ばかりという会社もあるそうです。そこそこ快適な職場環境のようですが、蛇のなまごろし状態で決してスキルアップは望めません。

今の若者はコストパフォーマンス（コスパ）、タイムパフォーマンス（タイパ）重視で、かけたお金や時間に比例した成果を望むそうです。ノンポリで育って苦労しなくても食っていける時代になって、フリーターみたいなのがたくさんいます。

ですから、強い労働性が必要で、一生懸命、人の何十倍も頑張って働かないとやりがいもお金も手に入らないということは嫌がります。当然、一生懸命努力してとか、汗水流してとか、そういう考えは毛頭ありません。そういうのは格好良くないという風潮になっちゃっているんですよね。

一〇代半ばから二〇代後半の若者たちは「Z世代」と呼ばれています。私たちは団塊の世代と呼ばれてましたけれど、それ以前には昭和ひと桁世代とかありましたし、それ以降はしらけ世代、ポスト団塊の世代、バブル世代、団塊ジュニア世代……あの、円周率が〝3〟になったゆとり世代と来てZ世代が来ます。二一世紀最初なのに、なんでアルファベットの最後のZなのかはさっぱり分かりませんが、とにかくそう呼ぶそうです。

今、一九九〇年後半以降に生まれたZ世代が企業社会に入ってきています。

このZ世代をうまく扱うのが難しいわけです。ただし、私的にはZ世代の一つ前に当たる、三〇代前半くらいまでの若者たちも似たような人物像なので、勝手ながら、彼らをひとまとめにして「Z世代」と呼ぶことにします（笑）。

そこで彼らの特徴ですが、生まれた時からデジタル製品が世の中にあふれている時代なので、デジタル機器の扱いには何の抵抗もありませんし、グローバル感覚や性別・国籍・人種など多様性にも理解があります。また、リーマンショックなど不景気の中で育ったため、質素倹約で現実的な考えを持っているそうです。

とまあ、ここまではいいのですが、彼らの生活信条は先ほどの話そのままで、ビジネス感覚もコスパ、タイパ重視です。とにかく、自分らしさを大事にして、ワークライフバランス（仕事と私生活のバランス）を尊重して無理や忍耐、熱血とはかなり距離を置き、自分の人生をほど良く続けることに注力するんだとか。

まあ、一言で言えば猛烈や忍耐を美徳としてきた団塊世代の対極です。

ですから、Z世代には必要以上の仕事をしないという人間が普通にいて、与えられた仕事を就業時間までずるずるやって、仕事をしている雰囲気だけは必要以上に醸し出していますが、そこには、お得意さんに喜んでもらおうとか、自分の会社を良くしていこうとか、上司に認められようとか、そういう努力は一切ありません。

団塊の世代からしたら、こんなの仕事してることになりませんよ。

でも、今はそれで食べていけるんです。ミスしない限りは給料を下げられないし、クビにもならない。いや、最低賃金が上がるご時世ですから、体感的には給料は上がっているかもしれません。若者がそんな状況では、日本が再浮上するわけがないと思いませんか。

今はとにかく、Z世代が日本を終わらせないよう祈るばかりです。

11. 働き方改革で休日増えすぎ案件

わが社は年に一回、土曜日に、全社員が一堂に会する年度の経営総合会議という非常に重要な会議を行います。

ある時、若手社員が「出席は強制ですか？」と聞いてきました。入社する時には就業規則など全部説明していますから、総合会議の日は強制的に出社日だと知っているはずです。

そこで私が「出社日だよ」と答えると、何を思ったか知りませんが、「有休取れますか？」と聞いてきたんです。これには開いた口が塞がりませんでした。出社が前提なら、それに対して休む場合は有休になると。いやはやすごい論理です。

彼もきっと、ほぼZ世代なのでしょう。また、こんなこともありました。

わが社の始業時間は九時半ですけど、以前は九時から会議をやることもありました。それが、九時半始業だから会議は九時半からにして下さいという声が上がって、「分かった。じゃあ、九時半からやろう」と言ったら、不思議なことに、今度は「出社してすぐ会議なんて無理です」と言われました。

「普通は始業時間の五分前には席に着いて、定時から仕事を始めるもんだろ」と言うと、「その五分は給料に入ってるんですか?」と聞かれて、あぜんとしました。

それだけではありません。終業時間一〇分くらい前から帰る支度が始まり、ジャストにタイムレコーダーを押す。「今夜飲みに行こうか?」などと誘うと、「それは仕事ですか?プライベートですか?」と聞かれます。「プライベートだよ」というと「じゃあ行きませんとくる。本当にもう疲れることばかりです。

口には出しませんが、そんなに文句があるなら辞めればいいのにと思いますが、それでも辞めない。でも、会社のやり方に対して文句は言う。昔は仕事ができる一方で、文句も言うみたいな人はいましたけれど、今は文句だけ言う人ばかりです。

これもZ世代の特徴かも知れませんが、とにかく自分たちの権利は主張する。でも、うちなんかそういう意味ではホワイト企業だと思いますよ。だって、休日も多いですから。

試しに社員のスケジュール表を見てみると、有給休暇はもちろん、誕生日などのアニバーサリー休暇の他、勤続三年、五年、一〇年、一五年、二〇年ごとの休暇があります。

そうした休日に加えて、今はリモートワークもあります。会社に来ない日の方が多いわけですが、いったいどういう風に仕事しているのか分かりません。ちゃんと仕事しているか聞こうものなら、「私のことを疑うんですか？」なんて言われそうです。

最近ではほとんどの男性社員が育休を取っています。それは正式な権利ですから、「頑張ってこいよ！」と言って送り出すわけですけれど、団塊の世代としては、育休を取っている間、仕事のことが少しは不安にならないのかと思うわけです。

国としては少子化が進んでいるから、子供を育てる環境を夫婦で作らなきゃいけない、それには子育てを女性にだけ任せておくわけにはいかないということで、旦那も協力して休むという制度にしたわけです。

育休自体は国の将来的にも良いことだと頭では理解していても、働き盛りの二〇代後半から三〇代にかけて二四時間戦ってきたような昭和の企業戦士だった我々からすると、単純に数カ月も仕事から離れていたら復帰できるんだろうかとか、休みに慣れて頭がボケちゃわないかと思います。あるいは、私なんかはこれが一番大きな心配ごとですが、仕事を他の人に取られて会社に居場所がなくなってしまうんじゃないか——といった大きな不安に襲われるだろうと思うわけです。

恐らく、今の時代に私がバリバリの若手社員だったら、とても休んでなんかいられませんよ。きっと不安になって数日で出社しちゃうでしょうね（笑）。

そうは言っても、しっかり育休を取って、夫婦で子育てに臨んで奥様の負担を少しでも軽くしてあげて欲しいと思っています。

マックスでも最近は社員の出産が相次いでいて、その度に私に報告してくれます。

「会長、無事生まれました！　男（女）の子です」

そんな時は私も大変嬉しく思いますし、孫ができたような感情を覚えます。そう考えると、私にはもう一〇人以上も孫がいるんですね（笑）。

12. コンプラ遵守はいいけれど…

コンプライアンス【compliance】

要求や命令に従うこと。特に、企業が法令や社会規範・企業倫理を守ること。法令遵守。

コンプライアンスとか、コンプラとか、最近本当によく聞くようになりました。そこで改めて調べてみたところ、『広辞苑』にはこう書かれていました。

それにしても、一体いつ頃から言われ始めたんでしょうか。

調べてみると、コンプライアンスの記事が増え始めるのは平成九（一九九七）年頃だそうで（これってZ世代の登場とかぶりませんか。Z世代＝コンプラ世代⁉）、その後の平成一四（二〇〇二）年に発覚した大手食品メーカーによる牛肉産地偽装事件で一気に知れ渡るようになりました。歴史ある会社が消滅してしまったわけですから、いかにコンプライアンスが大事か、それこそ反面教師となったわけです。

ただ、それほどの大事件ながら他山の石とした企業は少ないようで、その後も産地偽装はもちろん、消費期限切れ食品問題などの不祥事が続発し、他の業界でも社外持ち出し禁止のメモリーを持ち出したり、書類を紛失したり長時間労働によって社員が過労死したりするなどコンプラ違反は後を絶ちません。さらに、上司からのパワーハラスメント（パワハラ）やモラルハラスメント（モラハラ）、女性社員へのセクシャルハラスメント（セクハラ）などのニュースも散々目にするようになりました。

コンプライアンスの意味に「法令遵守」とありますように、違法行為はあってはならないのは当然です。それでもタレント事務所の不祥事や某大学のスポーツ部員が起こした事件などの対応を見ていても、決まって最初は「全くの事実無根」「そうした事実は一切ありません」などと言い放っておきながら、続報が出るとすぐに撤回して平謝りという、判で押したかのようにお粗末な対応です。

しっかり調べてもいないうちから、「うちは関係ない」とか、「そんな事実はありません」などと言える神経が私には分かりません。わが社は契約社員まで含めると六〇〇人くらいの規模ですので、私だって会社の中で行われていることの全てを把握し、理解することなど到底不可能です。ですからまずは社内を調査し、第三者委員会などを立ち上げて厳正に見極める姿勢が必要なのは言うまでもありませんね。

そうは言っても、私は昨今の行き過ぎたコンプラ遵守を良く思ってはいません。

コンプライアンスをあまりに重視し過ぎると企業の行動にブレーキがかかり、成長を阻害してしまうと感じているからです。もちろん、繰り返しますけど法を犯すのは絶対にいけません。ただし、誤解を恐れずに言わせていただくならば、法律も時代、時代によって解釈や意味合いが変わって当然だと思っているからです。

以前の判例では右だったものが、今の時代は左でもあるというような、そうしたある種の柔軟性や時代に合わせた変容があっていいはずです。その点で、コンプライアンスを錦の御旗のように崇めるのはやり過ぎではないかと思います。

なぜなら、企業が成長するにはある種の〝冒険〟や、未知の領域に〝挑戦〟することが必要だからです。新しいビジネスには〝限界を超える勇気〟も必須です。

実際問題として、コンプライアンスのために事務手続きが煩雑になったり、契約に必要な書類のダブルチェック、トリプルチェックで余計に時間がかかったり、電子メールで済むところを紙の書類のやり取りでこれまた時間がかかったりします。その結果、何もかも法律で縛って、個人の裁量は許されないのかという不満から働く人のモチベーションが低下し、一方で、あの会社は契約書一枚作るのにいったい何日かかるんだと憤慨されて信頼を失い、契約がご破産になることだってありえます。

特にわが社のような業態は人がメインですから、何でもかんでも、ちょっとでもハラスメントになって行動の自由がどんどん奪われていったら、人間の余白というか、伸び代みたいなものがなくなっていくようで寂しい気もします。

これ以上コンプラ遵守がひどくなると、本当のところは問題ないのに自己防衛本能が過剰に働いて、いわゆるグレーゾーンでも「これはコンプラ違反になるかもしれないな」などと誰かが言い出して、企業が挑戦することをやめてしまうかもしれません。そうなったら日本経済の復活なんて期待できなくなります。

いやいや、もしかしたらそれが既に現実になったのが令和の元気がない日本かもしれないと考えると、ちょっと背筋が寒くなるような気がします。

13. 令和のキーワードは「分断」？

コンプラ遵守にZ世代、そして新型コロナウイルス……このトリプルショックが〝失われた三〇年〟の原因だったのかと、何だかそんな気がしてきました。

前にも書きましたけれど、コロナ禍で日本企業の働き方が変わりました。

さらに、人と人のコミュニケーションの分断、そして、会社と社員との結びつきの分断、さらには心と心のつながりの分断、戦争が起きたことによる国と国との分断……などなど。せめて、家庭内分断だけはなしにして欲しいものですが、この三〇年でいろいろな関係が分断されて失われてしまいました。

その結果、日本人ならではの〝袖振り合うも他生の縁〟といった関係性がどんどん失われた気がします。そこにコンプラ遵守が仕事の幅や人間同士のつながりの深さを完全に分断しました。ベルリンの壁が消えたと思ったら、今度は二一世紀の日本にコミュニケーションの壁ができました。そう言えば養老孟司先生の『バカの壁』というベストセラーも懐かしいですね。ベルリンの壁は国を分けていましたけど、今度の壁は同じ日本人なのに一人ひとりの関係性を完全に断ち切ってしまったようです。

現代日本の会社では、相手に家のことや家族のこと、趣味のことなどを聞く時は慎重にならざるを得ません。やたら根掘り葉掘り聞いたりすると、「個人情報は話せません！」とムッとされてシャットアウトされます。何でも〝見るな・話すな・聞くな〟というわけで、これではまるで日光東照宮の「三猿」ですよ！

面接する時だって履歴書には書いてないですし、最初からコミュニケーションを拒否してますよね。「お父さん何してる人？」「お母さん元気？」「兄弟いるの？」なんて聞いてもいけません。なぜいけないんだろうと思ったら、親がいない人もいるから聞いたらかわいそうだからだそうです。それならそれで、「それは余計なことを聞いてしまってごめんなさい」と謝ればいいことでしょう。そういう情みたいなものはなくていいということなんでしょうか。日々、無駄に神経使って疲れますよ。

相手と打ち解けたいから、いったいどんな人間かバックボーンを知りたいと思っているのに〝個人情報〟という蓋をされてしまう。どんな人間か分からないし、どうやって仲良くなればいいのか全く分かりません。本当に面倒くさい時代です。

そんな時代ですから、女性社員に「髪切ったね！　似合ってるよ」なんて言ったら絶対ダメです。そもそも呼びかける時に「○○ちゃん！」はよくない。ちゃん付けはダメだそうで、それもみんなセクハラになるんだそうです。

女性に無理やりハグしたわけでもないのにセクハラなのかと、昭和のオヤジは疑問に思うわけですが、それでも僕は言っちゃうんです、「髪切ったね」とか、「少しやせた？」なんて。総務の人間に「会長、ハラスメント教育受けてくださいよ」なんて言われて受けてみると、いろいろな規則があって、これを言っちゃいけない、あれを言っちゃいけないというNGワードがズラズラ並んでいて眩暈《めまい》がします。

いや、本当に難しいです。そうなると、この私でも言葉を選ぶ時があるわけです。まあ、選ばない時の方が多かったりするんですけどね（笑）。さすがに最近は〝これ言うとまずいかな〟と思うこともあって、多少は意識していますけれど、そうなると、今度は言葉を選んでる時間が無駄じゃないのと思うわけです。

それでなくてもリモートワークで生産性が三割落ちると言われているのに、パワハラ、モラハラ、セクハラを気にしていたらますます生産性は落ちますよ。

昭和の時代は現代から見ればパワハラ、モラハラ、セクハラ三昧でしたけれど、その一方でジャパン・アズ・ナンバーワン、世界に冠たる経済大国だったんです。

こんなことを書くと今の若い人は驚かれるかも知れませんが、〝バブル期のN証券で一番稼いだ男〟と呼ばれた凄腕の証券マンが当時について書いた本を読むと、ノルマが達成できなければ上司に殴られるのは当然だったそうです。

中には、あろうことか奥さんまで会社に呼びつけられて、

「こいつのためにみんなが迷惑してます。どうにかしてください、奥さん！」

などと上司に怒鳴られた社員もいたそうですから、想像を絶する世界です。

それが今、銀行や証券会社では〝脱ノルマ〟が進んでいます。それ自体はいいのですが、代わりに何で評価するか明確な基準はなく、現場は混乱しているようです。

まさに過剰なコンプライアンス絶対社会です。ますますコミュニケーションが分断されるわけで、人を思いやる心、気持ちも薄くなってしまう。そこに気づいて、もっと人を思いやる気持ちがあれば、日本経済も再浮上するんじゃないでしょうかね。

14. 叱れない上司が会社を滅ぼす！

ある日、私が社長室にいると、ドンドンドンとものすごい勢いでドアを叩く音がしました。それも一回でなく、続けざまにドンドンドンドンと叩かれました。

勢いもそのままにドアを開けて入って来たので、私は怒鳴り付けました。

「バカヤロー！　赤穂浪士の討ち入りじゃねえんだから、少しは静かに叩け！」

彼は今でも言ってますよ、「あの時、会長に怒られて縮み上がりました」って。現在は幹部になっている男性社員が新卒の頃のエピソードです。

トントントンと軽く叩けばいいものを、ドンドンドンって思い切り叩くから、こっちだっていったい何事かと思うじゃないですか。有力なクライアントが契約を打ち切ったとか、税務署の査察が入ったとか、それは冗談ですけど会社の存続に関わるような大問題が起きたのかと思っても無理はないほどの強さですよ。

なのに聞けば大した用事じゃない。新卒で力加減が分からなくて強く叩いてしまったそうなんですが、それにしても力の入れ過ぎです。私も頭に来ましたが、もともと優秀な人間が私に怒鳴られたお陰で出世の階段を昇り始めたのでしょう（笑）。

あれは十何年も前のことですけど、当時はまだまだ怒鳴るのも日常茶飯事でした。他にも探せば私に怒鳴られたという社員が何人もいるはずです。中には「怒鳴られて会社辞めようと思いましたよ」なんて昔話をする社員もたくさんいます。


同じことを今やられたとしたら、当然、怒鳴ることなんかできません。

もちろん、即、パワハラ認定されるからです。大声で怒鳴るなんてもってのほか、小声で叱るのもいけません。怒鳴らず、叱らず、丁寧にドアの叩き方を教えてあげないといけません。今は優しく指導しないといけない時代なんだそうです。

何しろ、この私がすぐ怒らないようになったんですから大きな進歩です。だからと言って、すぐ怒らないだけで全く怒らないとは微塵も言ってません。最近では、こいつなら怒っても大丈夫かなと、ソロバンずくで怒鳴るようになりました（笑）。

それにしても何て窮屈な世の中になったんでしょう。昭和の時代は先輩が後輩に仕事を教えて、後輩の覚えが悪かったり、失敗したりしたら、「何回言ったら分かるんだ、このバカ！」とか、「何やってんだ、この給料ドロボー！」なんて普通に言っていました。それだけではありません。大きな声では言えませんけれど、何度言っても言うことを聞かない部下は丸めた雑誌で殴るなんて荒療治もありました。

ところが今や、叱る、怒る、命令するは御法度です。手など出したら、それこそ傷害罪、暴行罪で訴えられるかも知れません。いや、そもそも今の若者の精神構造はガラス並みの弱さだそうですから、訴える前に出社拒否になってしまうかな……。

私なんか子供の頃は下町の腕白坊主でしたから、父親の言うことだって素直に聞きませんでした。父親は父親で絵に描いたような頑固オヤジでしたから、事あるごとに「何だ、このバカ息子！」「親の言うことくらい聞け、クソガキ！」なんて言われてました。昭和の親子なんてそんなものですし、団塊の世代ですから学校でもスパルタ教育で、すぐ廊下に立たされたり、時には平手打ちが飛んでくることもありました。

最近は見てないからよく分かりませんが、アニメの『サザエさん』だってカツオが悪さをしたら、「バカモーン！」と波平のカミナリが落ちます。時には波平がカツオの頭をポカッと叩いて、カツオの頭にたんこぶができることもありました。

まあ、私の生家は足立区で、東京二三区の中でもお上品さで比べたら下から数えた方が早い土地柄ですから、余計に言葉遣いが荒かったのかもしれません。あのビートたけしさんも同じ足立区生まれの同級生ですから、その辺は察してください。

でも、今のZ世代はそういう育ち方をしていません。少子化の時代ですから家では両親や祖父母から〝蝶よ花よ〟と育てられ、学校でも甘やかされてきましたから強く叱ろうものなら心がポッキリ折れてしまいます。

そんな状況ですから部下に仕事を頼む時だって、昔は「おい、これやっとけ！」のひと言だったのが、今は「これやってもらえるかな」「無理しなくていいよ」「できればでいいんだけど、もう少し残って残業してもらえる」「あ、いや無理ならいいよ。俺がやっておくから」……とまあ、どっちが上司でどっちが部下か分かりません。

たとえ部下が失敗しても先ほどのようには叱れませんから、腫れ物に触るように、「仕方ないさ。まあ、次からは頑張ろう……」で終わりです。

そんな会社ばかりになったら、ますます日本経済は衰退の一途ですよ。

15. そこに愛はあるんかい？

令和五（二〇二三）年に、大手中古車販売会社が大問題を起こしました。

ことごとく問題があり過ぎる会社ですけれど、その一つが副社長によるパワハラです。中でも、成績の良くない社員に道義上許されないような言葉や人格を否定するような言葉を何度も何度もＬＩＮＥで送っていたことが明らかになりました。

あれなどは完全にパワハラ、モラハラそのものですけれど、実際は非常にデリケートな問題です。今はハラスメント対策専門の会社があって、わが社でも契約していますけれど、社員がハラスメントだと感じたらその会社に連絡します。

すると、その会社が本人から聞き取り調査をして詳細をまとめ、顧問弁護士に連絡します。その後、弁護士が調査するシステムになっています。

今のところ問題は起きていませんが、昭和生まれの人間は、本当にそれでいいのかなと疑問に思うわけです。だって、ハラスメントでやり合っている二人の間でその件に関して全くコミュニケーションも何も取らないんですからね。

仮に、ハラスメントを受けた側の社員が「上司に何度も怒鳴られてノイローゼになりました。それで仕事ができなくなりました。損害賠償を請求します」と主張したとします。受けた側の社員は心に傷を負ったわけですけれど、ハラスメントをしたとされる側の上司としても、「あれはあくまで指導で、ハラスメントをした覚えはありません。それなのに訴えられた。どう対処していいか分からない」と悩んでしまうわけです。

時には訴えた人間が上司のことを、「あいつはポンコツだ。仕事もしないし、どうにもならない」なんて非難するそうです。

上司からハラスメントを受けたと言ってる本人がですよ。どっちが被害者で、どっちが加害者か分かりません。その結果、今度は上司の方がストレスを抱えて会社を休んでしまうようなことになりかねません。

こうなったらもう上下関係どころか人間関係が成り立ちません。まさにコミュニケーションの〝分断〟で、気づけばそんな時代です。部下を預かる上司としたら、パワハラ、モラハラの矢がいつ自分に飛んでくるか分かりませんから、戦々恐々の毎日です。誰もがみんな、いつ訴えられてもおかしくない状況です。

内心、ハラハラ、ビクビクしながら腫れ物に触るように人と接しています。そんなことでは仕事の効率は落ちるばかりです。

これでは、部下や新人をどう教育していけばいいか悩みに悩んでしまいます。恐ろしいことに、今の日本は上司が部下を教育できない時代なんです。

人間はミスをしたら怒られて、叱られて、それでやり直してやり方を学んで成長していく存在です。そもそも、そうやって子供から大人になるんです。それがなかったら、良いことと悪いことの違いも分からない子供のままです。

ある意味かわいそうですよ、今の若者は。叱ってもらえないから成長できない。だって、今の世の中、子供が騒いでいても誰も注意しないでしょ。あ、注意するのはキレる年寄りくらいか（笑）。

それはともかく、子供が電車の中や混雑したファミリーレストランの店内などで騒いでいても、親も叱らなければ周りの人も叱りません。昔だったら、「いい加減、静かにしなさい！」って誰かが怒ってましたよ。

でも、それだって、ただうるさいから怒っているだけではなく、公共の場所では静かにすべきだというルールを教えているようなものです。そうやって大人に叱られて、子供は社会のルールっていうものを学んで成長するんです。人は叱られるほどに成長するものだと言っては言いすぎでしょうか。

叱るという行為は、やっぱりその人のためを思っているがゆえの行動だと私は思います。二度と同じようなミスをしないよう、もっと人間的に成長できるよう願って叱るんです。ですから、叱ること＝教育で、そこには愛があるはずなんです。

そう、某金融会社のコマーシャルじゃないですけど、「そこに愛はあるんかい？」なのです。そこに〝愛〟があれば、叱っても、怒ってもいいと私は思います。

私には社員に対する〝愛〟があります。愛のムチと言うと大袈裟ですが、立派な人間に成長して欲しいから、時として愛情のこもったカミナリを落としています。

最後に、私の名誉のためにひと言付け加えておきますと、幸いなことに今のところ弁護士からのハラスメントに関する連絡はありません。どうやら、私の愛は社員たちにしっかり伝わっているようで、ホッと胸を撫で下ろしています（笑）。

16. 不適切にもほどがある！

パワハラ、モラハラ、セクハラ、ほかにもカスタマーハラスメント（カスハラ）、マタニティ・ハラスメント（マタハラ）、アルコール・ハラスメント（アルハラ）、リモート・ハラスメント（リモハラ）、スモークハラスメント（スモハラ）……。

ハラスメントってどれだけあるんだろうと調べてみたら、次から次へと出てきました。アルハラという文字を見た時はドキッとして、過去の飲み会での行いが走馬灯のように脳裏を駆け巡りましたよ（笑）。

昭和の男なら誰でもアルハラの一つや二つあるはずです。えっ、二桁は楽にあるって？そういう方は同志ですから、近い内、昼下がりの蕎麦屋で一杯やりましょう。

最近では「ハラスメント・ハラスメント（ハラハラ）」と言うものがあるそうで、その人自身に過失があるにもかかわらず、指摘した他人の行為や言動がハラスメントだと過剰に主張する行為だそうです。分かりやすく言うと、上司が部下に通常の業務指導をしただけなのに「パワハラ」と訴えられたとか、露出度の高い服を着てきた女性社員に注意したら「セクハラ」と非難されたようなケースです。

　こうなるともうハラスメントの〝天井〟状態で、ハラハラの次はハラハラハラ、ハラハラハラハラ……と、いったいどこまで行くのか気になります。ハラスメントの本を読んでも、結局、受け取り方次第って書いてあって、それじゃあ全く参考になりませんよ。「今日はまた綺麗だね」という言葉一つ取っても、イケメンだったらポッと頬を赤らめて、中年オヤジだったらセクハラ認定されるようなものでしょう。

　昔は言いたいことがあったら直接相手にズバッと言って、ひと悶着あっても解決したら水に流して前向きになれたものです。ガチガチの昭和のサラリーマンが現代日本にやって来たら息苦しくて仕方ないだろうな――なんて思っていたら、同じことを考える人はいるもので、まさにその通りのドラマが今春、放送されていました。

　それが『不適切にもほどがある！』というドラマで、昭和六一（一九八六）年を生きている不良教師の小川市郎（五〇歳）がひょんなことから三八年後の現代日本にタイムスリップしてくるお話です。市郎は所かまわずタバコをふかし、顧問をしている野球部では生徒に尻《ケツ》バットを叩き込み、口を開けば「チョメチョメ」とか言ってます。

　そんな市郎が居酒屋で、若い会社員がハラスメントの注意を受けている場面に居合わせます。彼が部下の女性にかけた言葉が原因で女性が会社を休んでしまいました。

「期待してるから頑張ってね」「さすがZ世代」「○○ちゃんをお嫁さんにする男は幸せだね」とまあ、私から見れば全く問題ない言葉なんですけれど、全てハラスメントだと忠告されます。曰く「頑張ってと言われて心が折れちゃう子がいるから」「Z世代でくるのはエイジ・ハラスメントに該当するから」「気が利くことをほめると、他の女性が気が利かないように思われて気まずくなるから」だとか。

そんなつもりで言ったんじゃないと彼は反論しますが、「君がどんなつもりでも、相手が不快になったらそれはもうハラスメントなんだ」と言われてしまいます。

それこそハラハラだと思うのですが、横で聞いていた市郎は「会社休んじゃう部下が同情されて、頑張れって言った彼が責められるって間違ってないか?」と口を挟むんです。まさにわが意を得たり、胸のつかえが下りる気がしました。

それを聞いたハラスメント委員会らしき上司は「何も言わなきゃよかったんです。寄り添って一緒に原因を考えてあげれば彼女の心は折れなかった」と言います。

それに対して市郎が言い放った言葉は、昭和の頑固おやじを代弁してましたよ。

「冗談じゃねえ! こんな未来のために、こんな時代にするために俺たち頑張って働いているわけじゃねえよ。期待して期待に応えてさ、叱られて、励まされて、頑張って、そうやって関わり合って強くなるのが人間じゃねえの。頑張れって言われたくらいでくじけちゃうようじゃ、どっちみち続かねえよ！」

コンプラ遵守の時代に、こんな痛快な言葉が聞けるとは思いませんでした。まさに「市郎頑張れ！」で、市郎はその後も令和日本の不条理を俎上に上げていきます。

働き方改革で思うような仕事ができない女性テレビ局員に同情して、「働き方って、がむしゃらと馬車馬以外にあるのかね！」と言った時は拍手喝采しましたね。

テレビってやっぱりその時々の世相を反映させるものですから、こういうテレビドラマができるということは、みんなやっぱりコンプラ遵守が行き過ぎて、息が詰まるような思いをしているということなんじゃないでしょうか。

このドラマが〝そういう時代〟に一石を投じてくれることを願っています。

17. 昭和の日本よ、もう一度！

終身雇用に年功序列、家族主義、モーレツ社員、企業戦士、社員旅行、朝礼、社内運動会、長時間労働……いずれも今や死語と化した昭和の企業風土です。

昭和の日本企業が社員に望むことは「一生、骨を埋める覚悟があるか？」「どんなにつらいことがあっても頑張り続ける強い気持ちはあるか？」「二四時間働けるか？」などで、社員面接でも、当然、このように言い放っていたはずです。

われわれ団塊の世代はいったん会社に入ったら、生涯働き通す覚悟を口にし、出世に血眼になり、誰よりも頑張って上を目指して生きていました。だからこそ、大東亜戦争という、決してするべきではなかった無謀な戦いに敗れても、失意のどん底からはい上がり世界第二位の経済大国を作り上げたのです。

負けじ魂とでも言うのでしょうか。それが日本人の根性なのです。

しかし、戦争を知らない子供たち――団塊の世代も含まれますが――が平和ボケとなり、安寧にあぐらをかいて太平の世にどっぷりと浸かり、自分では立ち上がろうともせずに惰眠をむさぼり、勝負する気概もなくただただ息をするだけの生活をしている。それが幸せだとぬかす、そんな世の中を作り上げてしまったのです。

『不適切にもほどがある！』の〝昭和代表〟小川市郎もこう言っていました。

「昭和、昭和って、まるで昭和が悪者みたいに言うけどさ、少なくとも景気は今より良かったぜ！」

全くその通りで、昭和が全部悪いわけではありません。昭和の良いところを今の世の中に生かしてみてもいいんじゃないでしょうか？

昨年暮れのニュースで、令和四（二〇二二）年に亡くなった〝経営の神様〟と呼ばれた京セラ創業者の稲盛和夫さんの記事が掲載されていたのを読みました。

稲盛さんは一年に六〇回もの忘年会に出ていたそうです。たくさんの企業や団体、業界の重鎮でしたから仕方ないと思われるかも知れませんが、稲盛さんは社内のいろいろな部署で行われる忘年会にも進んで出席していたそうです。

それにしても六〇回という数字は、驚きを通り越して背筋に寒気すら覚えます。だって、一二月の出勤日だって二〇数日でしょう。一一月後半から忘年会シーズンとしても、一日に二件以上はしごしないと六〇回に達しません。

何でそんなに参加するかというと、いろいろな人と出会って情報収集する、そういう情報が経営の役に立つからだそうです。昭和の経営者はそうやってさまざまな情報をすくい上げて経営に生かし、会社を大きくしてきたんですよ。松下電器（現パナソニック）の松下幸之助さん、日清食品の安藤百福さん、ホンダの本田宗一郎さん、ソニーの盛田昭夫さん……昭和の偉人はほとんどみんな、市郎が言うように馬車馬のように働いたんです。

もともと日本人は酒のつながりが好きなはずなんです。ところが、今の若者の間には飲み会には出ないという風潮が支配しています。そうなると、やっぱり横のつながりが全然違います。「飲みニケーション」も今では死語かもしれないけど、日本の会社の強さって、やっぱり飲みニケーションにあったんじゃないのかな。

日本がこれだけ弱い国になった背景には、そういう横のつながりがなくなった影響も多分にあると思います。そういう時代だとか、コロナ禍だからとか、もっともらしい問題に置き換えて考察しているけれど、それだけじゃないと思います。

だからと言って、上から飲みニケーションに誘っても若者は乗って来ません。

うちの会社では以前から五年ごとの節目に全社員集まって、クライアントにもご参加いただいて盛大にパーティーを開いています。また、最近では若い社員が声を上げて、年に二回、「マックス・バー」という社員参加のイベントをやっています。コロナ禍で中止していましたが、昨年暮れに再開しました。事務所のあちこちを居酒屋にしたり、バーにしたりして酒を飲み合ったり、卓球台を持ち込んで勝ち抜き戦をやったりしました。同じ時間帯に他の支社でも同じようなことをやります。

そうやって社員全員で楽しみますから、仲間意識が育まれます。そういう積み重ねがあるから社員同士で横のつながりができて、励まし合って頑張れるんです。

きっと昭和の社員旅行なんかもそうだったはずです。今、昭和レトロなんてブームも起きているそうですけど、そもそもわが社は平成生まれなのに、やってることはほぼ昭和です。そんな会社が立派に成り立っているんですから、昭和回帰は日本復興のカギの一つなのかも知れないと思う今日この頃です。

18. 社員＝家族の昭和イズムな会社

ここに至って、うちの会社って平成生まれですけれど、中身は昭和の会社なのかもしれないということがはっきりしました。もちろん、創業者が団塊の世代だから当然ではあるのですけれど、昭和の良いところを残しつつ、平成らしさを加えたハイブリッド企業なんて言うと格好良すぎるかな。

私は常々、社員に「一丸となって頑張ろう！」と言っています。同じ会社で働く仲間ですから力を合わせるのは当たり前の話ですけれど、そもそも組織というものは力を合わせないと成り立ちません。みんな、家族なんです。

毎年、新年の挨拶をする際、私は必ず「社員は家族です」と言っています。

時には兄弟げんかや親子げんかはするかもしれないけども、基本的には同じ釜の飯を食っている家族なんですから、そういうトラブルや行き違いを乗り越えて、やはり一丸になっていかないと良い会社にはなれないと言いました。

同じことを私はしょっちゅう言っていますから、中には「会長、また同じこと言ってるな」と思う社員もいたかもしれません。でも、何度も言うというのは大事なことなんですよ。繰り返し、繰り返し言うことで頭に刷り込ませるわけです。

刷り込み効果というもので、「またかよ！」と言いながらも、何度でも繰り返すとそういうものかもしれないなと思うようになるんです。その場限りの思い付きで言った言葉はすぐに忘れてしまうけれど、しょっちゅう聞いていると身についてしまう。

今の若者が本当にそう思うのか疑問に思う方もいるかもしれません。でも、二〇代からしたら、私なんかおじいちゃんの世代でしょう。それがいいのかもしれない。

四〇代でまだまだ若い社長が「社員は家族だ」と言っても嘘っぽく聞こえますけれど、私なんかそうやって育ってきたし、心の底からそう思っているから信じられるのでしょう。経営者なら社員に対して愛情を持っていないといけないと思いますし、私は実際、社員に「愛してるぞ！」って言ってますからね。

私は、うちの会社で働いてくれる社員は本当に可愛くて仕方がないんです。

それだけじゃなくて、会社を辞めていった人間もたくさんいますけど、たとえ短い時間でも自分と関わった人間には幸せになって欲しい。だって、自分が少しでも知っている人間が不幸になったら良い気持ちはしないでしょう。

中にはうちの情報を持って競合他社に行った人間もいますけど、そういうことをした人間にも、私は「何かあったら帰ってこいよ！」と言います。その時はひどいことをするなと思うし、悔しい気持ちがないと言えば嘘になりますけれど、だからと言って、うちの会社はそれくらいで負けるような会社ではないという自負もあります。

他にも、事情があって田舎に帰りますなんてヤツもいますけれども、「いつでも嫌になったら戻ってこいよ」と言っています。私が一方的に言っているだけじゃなくて、時々、辞めていった社員から「子供が生まれました！」なんてメールが届くこともあります。そんな時はもうめちゃくちゃ嬉しいです。

私はとにかく人が好き、社員が好きなんです。それは間違いのないことです。社長――今はもう会長ですけど――が社員を好きだと、社員はその気持ちにしっかり応えてくれるんです。それもまた間違えようのない事実なんです。

トップが堂々とそういうことが言えるって、やっぱり中小企業の良さじゃないかと思うんです。社員一人ひとりの顔が見えるというか、社員との距離が近いからこそ頑張れるんです。

うちの会社が創業二〇周年を迎えた時、東京プリンスホテルで創業記念パーティーを開催しました。その日のことは今でもはっきりと覚えています。

　大きな宴会場の正面に舞台があって、うちの会社の何十年後の未来をテーマに社員が寸劇を演じてくれたのです。幕がパーッと開くと、そこはハワイで、うちの会社の支社がアメリカに幾つもできている設定なんですよ。ハワイ支社の社員が仕事している様子や、日本支社と連絡を取り合っている様子を楽しそうに演じてくれました。

　会場に来てくれたメインバンクやクライアントの方々、マーチャンダイザーさん二〇〇人くらいが、みなさん「良い会社ですね！」「社員のみなさんも素晴らしい」と口々におっしゃってくださり、盛況のうちに終わることができました。

　ただ、正直言うと、それからあまり成長してないんです（笑）。海外支社なんて夢のまた夢ですけれど、社員たちがそういうことを考えてくれるって嬉しいですよ。社員が自分の会社の「夢」を語ってくれるなんて、創業者冥利に尽きますよね。

19. 楽しくなければ仕事じゃない!

忘年会に六〇回も参加するという稲盛和夫さんには負けますが、社員と酒を飲む機会であれば、稲盛さんにも負けないかも知れないという自負が私にはあります。いやいや、それって単に酒が好きなだけだろうという異論は……認めます(笑)。

トップの影響かどうか知りませんけれど、こんな時代なのに、うちの会社には酒を飲むのが好きな人間が多いのです。中堅社員から若手社員まで、週に何回かは一緒にお酒を飲みに行っています。きっかけは当然、「今度飲みに行くか?」なんて私が声をかけたことから始まるんですけれど、最近では〝今度は僕たちとお願いします〟〝じゃあ、次は私たちですね!〟って、どんどん予定が埋まります。

近所の蕎麦屋で飲んでいて、「そうだ、××を呼ぼう!」と思って電話して、「〇〇〇で飲んでるからすぐ来い!」って呼ぶと、五分もしないで現れる社員もいます。パワハラじゃないかって? いや、相手がパワハラと思わないから大丈夫です。

そんな話をすると、〝七〇代の団塊世代が二〇代の新人社員と話すことなんてないでしょう〟と思われるかもしれません。そんなことは当たり前で、ほとんど共通の話題なんかないですし、かといって、オヤジ世代の意見を押し付けようとか、逆に、Z世代に媚びて今の流行りを聞こうなんてことすら思いもしません。

いつも勝手気ままに話をしています。でも、別にそれでいいんです。興が乗れば私の行きつけの銀座のスナックに連れて行って、カラオケ歌えば楽しいですよ。

それでも疑い深い人は、今度は〝あなたは楽しいかもしれないけれど、社員は気を遣って疲れてしまうんじゃないですか?〟なんて言ってきます。でも、私は社員に緊張なんかさせませんよ。だって、私が率先してバカなことばかり言ってますから。

そのあたりの機微が分からない経営者が、社員の忌憚のない意見を聞こうなんて考えて、全員参加の飲み会をやろうとしますけれど、それじゃ意味がない。試しに一回やって終わりです。それこそ「残業代出ますか?」レベルですよ。

全員強制なんて、昭和の遺物です。私は決して強制はしません。一緒に飲みたいと言ってくる社員と楽しく酒が飲みたいだけなんです。

先ほどお話しした「マックス・バー」だってそうです。強制参加じゃなくて、出たい人だけ出ればいいというのがルールです。果たしてZ世代がついてくるかと言えば、ついてこないかもしれません。三割くらいの社員が参加してくれればいいと思いましたけれど、実際はその倍の三分の二の約一〇〇人が参加してくれたそうです。

中には「俺は行かないよ！」なんて斜に構えていたヤツもいたでしょうけれど、行けば楽しいんですよ。食べ物もあるし、飲み物もあるし、飲んで話をすれば、その人の違う側面が見えてきます。自分と同じ趣味なのが判明して盛り上がったりするかもしれません。そういう機会ってリモートワークでは絶対にないでしょう。

以前は春・秋と年に二回パーティーや忘年会など開催していましたけど、新型コロナウイルスの流行で延期になりました。普通だったら、これ幸いとばかりに中止にしようというのが時代の流れでしょう。それなのに、社員から声が上がって再開したわけですからこんな嬉しいことはありません。ほんと、社員には感謝ですよ。

このマックス・バーですけれど、幹事をやるのは入社して一年くらいの新人です。それを中堅社員がバックアップして主催するわけです。ちょうど学園祭の実行委員会みたいなものかもしれません。当日、実行委員は自分たちで作ったお揃いのTシャツを着て、マックス・バーを成功させようと獅子奮迅の大活躍です。

その辺も令和の時代なのに昭和イズムですけれど、うちの会社には昭和の社員レクリエーション的なサークル活動がたくさんあります社会人野球は今も人気がありますけれど、うちの会社にも野球部はあります。他にも、以前はたくさんのサークル活動がありました。けれど、コロナ禍で下火になってしまいました。

それを今、少しずつ復活させていこうという声が上がってきています。スポーツ系ばかりではなくて文化系を増やそうかなんて言っています。女性社員も多いですから、生け花とか、茶道、料理、あるいはヨガとか、ジャズダンスもいいでしょう。

やっぱり、コミュニケーションは大事で、社員同士の対話や会話がなくなったら寂しいじゃないですか。〝楽しんで仕事しよう！〟というのが私の方針ですし、〝楽しくなければ仕事じゃない！〟と言い続けています。

その結果、チームワークが生まれて、仕事で大変な時に〝あいつを手伝ってやろう！〟とか、〝みんなでプロジェクトを成功させよう！〟という気持ちが生まれるんです。そういう社員の「絆」が会社を成長させると信じています。

20. 〝愛・情・熱〟が人の心を動かす

愛を持って事に当たり　いつでも情を欠かさず
熱い心で臨めば　この世に怖いものはない
――この言葉に私はどれだけ救われたことか。いや、救ってもらったか。

思い返せば、私の行動の源泉には、いつも〝愛と情と熱〟がありました。

令和六（二〇二四）年八月一五日、私は七七歳の喜寿を迎えました。マックスを起業したのは今から四半世紀前の平成一二（二〇〇〇）年のことで、私は五三歳、当時からしたら定年間際の歳でした。今年で節目の年となる二五年目を迎えます。

金もなく、人脈もなく、伝《つて》もない一介の中年オヤジが何をとち狂ったのか、一〇〇〇万円という大金をかき集めて登記し、事務所を借りて商売をし始めたのです。

誰も応援などしてくれない孤独な旅立ちです。一年目、二年目、三年目は絶望としか言いようのない精神状態でした。

それはそうです、マーチャンダイジングという新しいビジネスですし、実績も、成功事例もありません。傍から見れば、〝何と無計画な事をしているのだ。どうせすぐに潰れるさ〟と考えるのも当然で、誰もが失敗を確信していたことでしょう。

しかし、私は自分には人にはない〝愛〟がある、仲間を愛し、仕事を愛する心があるから絶対に大丈夫だと信じていました。これだと決めたら絶対にあきらめません。たとえどんなに苦しくても、やり通す力、耐える力だったら誰にも負けないという自負もありました。何より、私は絶対に仲間を見捨てたり、裏切りたくありません。

どんな時でも得意先の気持ちに寄り添ってさえおれば、必ず自分たちのことを受け入れてくれるはずだ――そう思って日夜、努力を続けてきました。

しかし、そんなある日、私はクライアントの担当者に呼び出されました。彼らは、わが社にとんでもない理不尽な要求を押し付けてきたのです。

私は単身乗り込んで、その担当者にこう言ってやりました。

「うちは物もらいでも奴隷でもありません、きっぱりお断り致します」

その仕事は当時、大きな割合を占めていました。断ったことで大きな負債を抱え込んでしまったのも事実です。しかし、私たちはこの時に受けた屈辱を胸に、〝きっと見返すぞ！〟と固く誓って、全社員一丸となって努力を重ね、心機一転頑張りました。その結果、社員たちは大きな仕事を獲得してくれました。私が仲間を愛し、お金儲けだけの愛のない仕事はしないことに共感してくれた結果だったのです。

日本人は義理と人情と浪花節だと言う人がいます。

私は〝愛・情・熱〟が日本人の心だと思っています。この〝愛・情・熱〟を心に刻んで今日まで生きてきましたし、もちろん、これからも支えとして生きていきます。

愛＝親子の愛、男女の愛、愛情、情愛、仕事愛、会社愛……です。

以前、ある出版社が実施した「あなたの言葉を辞書に載せよう。」というキャンペーンで、「愛」がテーマとなったことがあります。

その時、次のような言葉が優秀作品に選ばれていました。

「相手の痛みを自分の痛みのように感じられる瞬間」（ＫＴ）

私は本当にこの通りだと思います。自分の気持ちを一方的に押し通すだけでなく、相手の気持ちを感じることができないようでは本当の愛とは言えません。

情＝情けは人のためならずとは、いずれ巡り巡って自分に恩恵が返ってくるのだから、誰にでも親切にしなさいという意味のようです。

私はタレントで書家の片岡鶴太郎さんと何度かお会いしたことがあります。ある時、鶴太郎さんが書を寄贈してくださることになり、私は「情」の一文字を頼みました。その色紙は今も私の事務室に飾っています。

熱＝熱い心。何事にも熱量をもって事に当たりたいと思います。

この〝愛と情と熱〟の三文字をそれぞれ組み合わせると、愛情、情熱、熱愛という言葉ができます。いずれも人間が生きていく上で忘れてはならない感情です。

この〝愛・情・熱〟という言葉を胸に生きてきた結果、今、私の心に大きな後悔はありません。もちろん、あの時こうすればとか、あるいは、こうしなければとか、小さな後悔は人並みにあります。しかし、生まれ変わるなら青春時代からやり直したいとか、もう一度違う人生を生きてみたいとか、そんな感情は私には全くありません。

過去も今も噛み締めて生きる――それが私の生きざまなんです。

古き良き　昭和を偲び　今日も酔う
おでん

第2部　「後期高齢者は余生を楽しむ！」編

1. 夜更けに振り返るわが人生

あなたは自分の人生を振り返ってみたことがありますか?

喜寿ともなると、自分の人生を振り返ってみることが多くなります。自分はあとどれくらい生きられるかなと思うと、夜寝る前、自分が今日までどんなことをやってきたか考えるわけです。全く悔いがないわけではないですけれど、ちょっと考えてみようと。まあ、人生のP/L(損益計算書)のようなものです。

生活はどうだろう? 人並みにできてるな。

子供はどうだろう? 立派に育ってるな。

会社はどうだろう? 順調に成長してるな。

体はどうだろう? 健康だよな。

——そう考えると、〝何だ、特に後悔することもないな。そこそこ幸せな人生じゃないか〟と、ひと安心して眠りにつきます。そうすると楽ですね、朝起きるのが。所詮は自己満足ですけれど、後悔ばかりの人生ではなかったと思うと安心できます。

私は以前の本で、ちらっと「縁側論」について書きました。

今にも人生の最期を迎えようかという時、昼下がりの優しい陽が差す中、季節の花が咲くこぢんまりとした庭を望む縁側に置かれたソファーに、私はゆったりと座っています。その傍らには妻や子供、孫の顔があります。

私は独り言のようにこれまでの自分の人生をかいつまんで語ります。恵まれた少年時代が、父親の町工場が不況で一転して質素な暮らしになったこと、野球やスキー、写真に明け暮れた青春時代、広告代理店に入って猛烈に働いたサラリーマン時代、そして、五〇過ぎで独立して荒波の中に漕ぎ出したことなどを訥々《とつとつ》と語ります。

しばらくして、家族に看取られて静かに人生の幕を閉じる。

——もちろん、現実はそんなに格好良くはいかないでしょうけれど、そんな人生の終わり方もいいでしょう。後悔ばかりの最期よりは、自分は社会的にもそれなりに意味のある仕事をやってきたんだぞという、ささやかな誇りを胸に人生に別れを告げたいものです。

そうは言っても、今の日本ではマンション暮らしで縁側なんてありませんし、縁側のある一戸建てに住めるなんてよほどの大金持ちじゃないですか。そもそも自分の家で人生を終えること自体が難しくて、たいていは病院で最期を迎えます。

でも、やっぱり私は自分の家で最期を迎えたいと思いますね。

そのためには健康でいなきゃいけないと思っていますけれど、それでも毎日、お酒を飲んでしまいます（笑）。お酒にまつわる話はこの後、おいおいしますけれど、そもそも私の家系は両親もそうですし、きょうだいも酒を飲まない。祖父はすごい酒飲みでしたから、それが隔世遺伝で私だけに伝わったようです。

義兄も酒もタバコもやらず、定年後に山登りを始めて健康第一でしたけれど、よく「哲夫さん、酒ばっかり飲んでると早死にしちゃうよ」なんて言われてました。そんな義兄の方が私より早く亡くなるのですから人生は分からないもんです。今は年に一回は人間ドックで精密検査をして、血圧などの薬を飲んでいます。

数少ない健康法と言えば、たまに約六千歩、気分が良ければ一万歩くらい歩くことと週一回のゴルフで、特別なことは何もしてません。

私の場合、五三歳という一般的には定年間近で独立しましたから健康に気を使っている余裕なんてありませんでした。それが今、気づけば後期高齢者です。

歳を取ると、健康のためにこうしなきゃいけない、ああしなきゃいけないって周りから言われます。日本人は素直だから、それに従い過ぎる人が多いようです。

その点で、われわれ団塊の世代は個性が強いから周囲の意見に素直に従おうなんて思いません。

だからと言って、健康を気にしないわけでもない。気にしないどころか、私の性格は大雑把かつ神経質なので、少しでも違和感を覚えるとすぐ病院で診てもらうようにしています。それが長生きの秘訣かもしれないですね。

亡くなるその日までピンピンコロリが良いって言いますけれど、やっぱり周囲に迷惑をかけないためにもそれが一番ですし、そうしないと人生の最期を縁側で終えることもできませんからね。まあ、予期せぬ事故で明日死ぬかもしれませんけれど、そうでなければ、縁側で穏やかに人生を終えたいものです。

2. 歳を取るほど沸点が下がる話

私は人呼んで「病院大好きおじさん」です。

年一回の丸二日かけての人間ドックでは、頭のてっぺんから足の先まで全身の検査をします。胃カメラ、大腸カメラ、PET-CT検査、心エコー検査、心電図、レントゲン、血液検査など、ありとあらゆる検査を徹底的にやります。

そして、先ほどお話ししましたように、私はちょっとでも体に違和感を覚えると病院に行きますから、例えば心臓の専門医や泌尿器科、眼科など、一年間に医者のお世話になった日数を合計すると、だいたい三〇日くらいになると思います。

そんな私ですから、必然的に病院にいる時間も長くなりがちです。すると、まるでテンプレートのように決まって目にする光景があります。

「おい、いい加減にしろ！　俺はもう一時間以上待ってるのに、なんで遅く来た奴が先に診察室に入るんだ！」

「××に行けって言うから××で待ってるのに、いつになっても誰も呼びに来ないじゃないか！」

そんな大声が聞こえると、条件反射で見てしまいます。すると、案の定、私くらいの年齢の男性が真っ赤な顔をして職員に怒りまくっています。で、周りの人はみんな、〝関わり合いになりたくないな〟と、うんざりした顔をしています。

職員がいくらなだめてもダメ。一回スイッチが入ると、ものすごい勢いで怒り続けます。まあ、よくある光景ですが、その度に私は〝いやはや、またまたキレる年寄りの登場か〟と、思わず深いため息をついてしまいます。

〝たぶん周りが見えなくなってるんだろうな？〟

〝人の話をちゃんと聞くことができなくなってきたんだろうな〟

――などと、どこか他人事《ひとごと》ではなく悲しい気持ちになります。

知り合いの医者に言わせると、脳の司令塔である前頭葉の機能が老化によって低下することで怒りを抑えることができなくなって、ちょっとしたことでキレやすくなるとか。まあ、標高が高くなると液体の沸点が下がるのと同じで、人間も年齢が高くなればなるほど、やっぱり怒りの沸点が下がるのは世の理《ことわり》なんですね。

私なんか止めることもできませんし、諭すこともできませんから、ただただ悲しい顔をしている以外ありません。きっと、普段は優しくていいお年寄りなんでしょうが、一度キレてしまうと自分で自分が制御できなくなるんですね。

同じような光景は居酒屋などでもよく目にします。

「注文した酒が来ないじゃないか！　どうなってるんだ！」

「こんなの頼んでないぞ！　お前、ちゃんと仕事しろよ！」

そんな風に店員に威張り散らしているお年寄りをよく見かけます。どこでもそうですけれど、大声でキレているのはたいてい白髪頭のお年寄りです。そもそも、病院や居酒屋にいるのはお年寄りが多いというのはあるんでしょうけれど（笑）。

これも年齢からくるわがままなのか、前頭葉の機能低下からくる症状なのか分かりませんが、たいてい団塊の世代です。なにせ人は多いし、食い物はないし、穏やかな時代じゃなかったんです。そういう時代で育ったから何でも競争という思考回路が根付いています。丁か半か、勝ちか負けか――そういう意識が強いから、ちょっとでも扱いが悪いと、ここで舐められちゃいけないと思って大声を上げてしまうんです。

われわれ団塊の世代は、常に勝った負けたが自分たちの存在証明みたいなものになっているんですよ。それが七〇代半ばになって、そろそろ介護が必要になったり、特養みたいな介護施設に入る人もいるでしょう。中には認知症になってしまった人もいるかもしれません。そう言えば、昨今、介護施設では女性の争奪戦が始まっているらしいですよ。まあ、余談ですけど元気なのは良いことです（笑）。

いずれにしても、団塊の世代は終身雇用の時代ですし、人数が多いから会社の幹部になれる社員なんてほんの一握り。出世競争にあぶれて中間管理職のまま報われないで定年退職して、何となく心に鬱屈を抱えたまま世の中に出されてしまう。だけど、勝ち負け意識はそのままだからキレやすいのかも知れません。

だって、私が知っている超一流の人間は絶対にキレないですからね。

それは心に余裕があるからとか、人間ができているからかも知れません。たとえは悪いけれど、ヤクザの世界なんかでもそうだって聞きますよ。できた親分ほどささいなことでは怒らないそうですからね。

3. 嫌われる年寄りより敬われる年寄り

昨今、電車に乗ると老若男女ほぼ全員がスマホとにらめっこしています。スマホを見ている人はドアが開こうが、人が乗ってこようが、スマホから目を離しません。それ以外は寝ている人で、今や電車で新聞や本を読んでいる人は天然記念物のようなもので、たまに見かけるとほのぼのします。

私のサラリーマン時代は満員電車の中でも日本経済新聞を縦に四つ折りに細長くして、周りの人に気遣いながら肩をすぼめて読んでいました。

昔は優先席なんてありませんでしたけれど、今、優先席に若い人が平気で座っています。空いていれば全然いいのですけれど、混んでいてお年寄りが近くに立っているのに座ったまま。こんな時、外国の若者はサッと席を譲るんですよ……とてもスマートで、日本の若者も見習って欲しいものです。

先日も、私が電車に乗ると、やはり、優先席にドカッと足を広げて座り、リュックサックを隣の席に置いてスマホにクギ付けの若者がいました。

そいつを見た瞬間、〝なんだこいつ、常識も知らないガキだ〟と腹が立ちましたが、図体が大きくていかにも強そうでしたので注意もできず、悶々としていました。

すると、次の駅で私より〝先輩〟と思しきご婦人が乗ってきて、優しい声で「少し座らせてくださいね」と言いました。ガキは面倒臭そうに舌打ちして、相手の顔も見ないでリュックサックを膝に乗せて少し腰をずらしました。

先輩は優しい顔でのぞき込むようにして、「ありがとうございます」とつぶやきました。そうしたらそのガキは、ようやくスマホから目を離して口を開きました。

「いいえ、こちらこそ」

〝やればできるなら最初からやれよ、このガキ〟と思った次第です。

それにしても、なぜ日本の若者は老人に席を譲らないんでしょうね。たまに考えてみると、いろいろな問題が次々と浮かんでは消えるわけです。

理由はいくつもあるとは思いますが、やっぱり年寄りのイメージが良くないからかも知れません。先ほどのようなキレる年寄りが増えているのも一因でしょう。テレビのニュースを見れば、歳取った政治家が私腹を肥やしてばかりいますし、車のブレーキとアクセルを間違えて死傷事故を起こすのも老人ばかりです。

よく言われているように、〝あんたたち年寄りはバブル経済でいい目を見たかも知れないけれど、俺たち若者は失われた三〇年で、安い給料でこき使われてるんだぞ。その上、ますます高齢化社会になって老人の面倒を見るのは自分たちなんだから。いい加減、若者の方こそ大事にして欲しい〟なんて思ってるかも知れません。

巷ではよく「年上を大事にしなさい」「年上を敬いなさい」って言っています。でも、正直なところ、すぐにキレてばかりのお年寄りや、日本をダメにしている老害政治家なんか、それこそ私だって大事にしたくないですよ。

その意味で、年長者は敬いましょうという「長幼の序」も一概に良いとは言えないんじゃないでしょうか。体が弱いお年寄りや女性を労わるのは人として当然ですけれど、長幼の序だから俺の方が偉いんだぞ、目上の人間は敬えって言われても、ただ単に俺たちより先に生まれただけじゃないかって話ですよ。

優先席だから年寄りが座るのが当然みたいな顔をして、譲ってくれた人にお礼の一つも言えないようでは、人として終わっていますよ。実際、私だって、その人のことを知っていれば敬うことはできますけれど、どこの誰かも分からない傲慢でキレてばかりの年寄りを敬えと言われても難しいですからね。

まあ、私もそうですけど、年寄りには年寄りの意見があって、戦後、日本社会を復興させて、経済を発展させて、成功を収めて日本という国がアメリカに次ぐ大国になったのは、自分たちが頑張ったからじゃないかという自負心があります。

でも、若者からしたらそんなのは単なる過去の栄光で、今の日本は〝失われた三〇年〟で青息吐息なわけで、そんな日本にしたのも年寄りじゃないかと思っていることでしょう。今の時代のテーマは「分断」だと書きましたけれど、全くその通りで、この両者の間に横たわる溝は深いですし、なかなか埋まらないかも知れません。

ですが、冒頭のご婦人のような立派なお年寄りであれば、いかつい若者とだってコミュニケーションが生まれる可能性もなきにしもあらずです。

〝今の若者はなっとらん！〟と思うのは勝手ですが、両者が歩み寄って、分断から再びの融和につながれば日本も元気を取り戻せるんじゃないかと思う次第です。

4. 仕事も健康も〝胆大心小〟で！

先ほども書きましたように、私は大雑把に見えて、結構、神経質です。たとえば部屋の中でも、棚の本の配置がサイズで揃っていないとか、デスクのパソコンにホコリが溜まっているとか、壁に掛けたカレンダーが斜めになっているとか、他にも周囲の小さな音が気になったりすることがあります。

会社の会議でも、大勢の人間が部屋にいるとすると、右端からずっと見ていって左端まで見渡して、こいつ何か妙な動きをしているなとか、あいつは上の空だなとか、あいつは眠そうな顔しているなとか自然と観察しています。

そういう話をすると、「血液型はA型ですか?」なんて聞かれるんですけれど、私はO型です。にもかかわらず、かなり神経質で、実は数字にも結構細かいです。売り上げ会議でも、数字を細かく見ています。すみずみまでずっと数字を見ていって、間違いがないか細かくチェックします。

そんなことを言うと、〝なんだ、気の小さいヤツだな〟と思われるかも知れませんが、それは心外です。繊細は繊細ですけれど、その一方で大胆で大雑把なところがあります。ですからハラスメントなんかもあまり気にせず、女性に「髪切った？　似合ってるね」なんて言ってしまうわけです。気の小さい人間だったら、「セクハラはやめてください！」と言われたら縮み上がってしまいますよね。

実はこういう性格を言い表す言葉があって、〝胆大心小《たんだいしんしょう》〟と言うそうです。

度胸は大きく注意は細やかという意味ですけれど、改めて調べてみたところ、「どんなに大きなことでも乗り越えられる気の大きさを持ち合わせながらも、仲間を思いやる気持ちを持っている人物」と書いてあって、組織のリーダーに相応しい人物像なんて記されているものですから、嬉しいような恥ずかしいような気持ちでした。

当然、仕事以外でも胆大心小で、健康や自分の体に関しても何だか少しでも調子が悪いなと思うとすぐ病院に行くなんてことは先ほども書きました。

そうなったきっかけはゴルフなんです。それまでは全然、血圧なんて気にしたこともなかったのに、六〇歳頃だったと思うんですけれど、お客さんと一緒にゴルフに行った際、たまたまクラブハウスに置いてあった血圧計で測ってみたんです。

何の気なしにやってみたら一八〇とか、一九〇くらいの数字が出ました。そもそも気にしてませんでしたから、自分ではその数値がどれくらいなのかすらさっぱり分からなかったんですけれど、一緒に行った人が驚いたんです。

「一九〇って、かなり高いよ！」

「だめだよ、こんなの放っといたら」

そう言われてびっくりして、翌日だったか翌々日だったかに病院に行きました。そこで血圧をちゃんと測ってもらったら、やっぱり高かったんです。その時にいろいろな検査もして、血圧を下げる薬をもらってきました。

それ以来、病院に行くのがクセみたいになって、何かあると医者に行きますし、セカンドオピニオンどころか、ドクターショッピングみたいな状態です。

一つの病院の診察結果に満足できず、次々と別の病院に診察を受けに行くことをドクターショッピングって言うようですけれど、たとえば、何となく心臓が変だなって病院に行くでしょう。いろいろ検査をして、医師に「どこも悪いところはありませんよ」と言われたとします。でも、やっぱり違和感は消えないから別の病院に行く。

まあ、多くの場合、そこでも同じことを言われるんですけれど、とにかく鵜呑みにしないで、裏を取るようにしています。そんなわけで、今は血圧だけじゃなくていろいろな薬を飲んでいます。こないだ数えてみたら九種類くらい飲んでいましたから、女房には、よく「薬の飲み過ぎよ」なんて言われますけどね。

それでも今日まで大した病気もしたことがなくて、検査入院以外で入院したこともないですし、この年で一度も手術したことがないんです。そのことに関しては丈夫に産んでくれた母親には感謝しかありません。

でも、歳だから健康のために栄養に気を遣うとか、脂っこい物をあまり取らないようにしているとか一切ない。止めたのはタバコくらいで、もちろん酒も飲みますし、食事も女房がいろいろ工夫してくれますので、美味いので食べ過ぎちゃいます。

文字通り胆大心小というわけで、人間ドックの結果もしっかり主治医と共有してもらったりして、健康に関してはとりわけ気にしています。それでもまあ、せいぜいあと一〇年くらいは生きられればいいとは思っていますけれどね。

5. がんでも手術はしない、たぶん。

「あなたはがんです。手術しないとあと何年も生きられませんよ」
——ある日突然、医師にそう告知されたらあなたは手術を受け入れますか？

日本人の平均寿命は八四・三歳と、相変わらず世界一の長寿国です。

また、令和四（二〇二二）年の日本人の平均寿命は、男性が八一・〇五歳、女性が八七・〇九歳と、新型コロナウイルスの流行で高齢者の死者が増えたために、男女とも二年連続で前年を下回ったそうです（厚生労働省調べ）。

男性の平均寿命が八一歳ということは、七七歳の私なんかまだ若造ということかも知れませんし、「長生きバンザイ！」と言いたいところですが、そうとも言い切れません。なぜなら、健康寿命という考え方があるからです。

ご存知のように健康寿命というのは、「健康上の問題で日常生活が制限されることなく生活できる期間」のことを意味します。この健康寿命、令和元年（二〇一九）年の調査では、男性が七二・七歳、女性が七五・四歳だそうです。

つまり、平均寿命から健康年齢を引き算すると、男女ともに一〇年前後、自分だけでは通常の生活が送れない期間があるということです。要介護で、車椅子が必要だったり、あるいは寝たきりの生活が待っているということです。

誰だってそうだと思いますけれど、私は歳取って病気になったり、体の自由を奪われたりして、寝たきりにだけはなりたくありません。

なぜなら、身近に何人もそういう人を見ているからなんです。

親父もそうだったし、兄もそうだし、義妹もそう、女房のお父さん、お母さんもみんながんでした。親父なんか六〇歳の時に胃がんになって、内臓をほとんど摘出して、それでも八五歳まで生きましたが、体力がかなり弱っていてかわいそうでした。

がん・脳卒中・心筋梗塞が日本人の三大疾病と呼ばれてますけれど、がんは日本人の死因の二五パーセントを占めるわけで、四人に一人ががんで亡くなっています。

しかも、がんが怖いのは手術して治ったと安心していても、本人が気づかないうちに転移して再発することです。

手術した後、数カ月は体調がいいんです。でも、一年くらいすると転移していることが分かって、また手術する。再び良くなるけれど、二、三年でまた再発して、また手術するわけで、それを繰り返すうちに目に見えて痩せちゃって体力もなくなって、最後は病院で寝たきりになってしまう。鼻や喉からチューブを入れられて……。

それって生きているって言えるんでしょうか。生きているというか、生かされているだけなんじゃないかと思うのです。

私はそういうことを何人も目の当たりにしていますから、七七歳という年齢で、もし冒頭のような質問をされたとしたら、手術はしないつもりです。

医師にはこう言おうと思っています。

「手術はしません。それでも長生きする方法を教えてください」

もちろん、手術以外にも抗がん剤治療という方法もあります。でも、抗がん剤治療でどうなるか、私はそれもよく知っているんですよ。とにかく体のあちこちが激痛に襲われて、嘔吐して物が食べられず、体の他の部位にさまざまな副反応が出て、身体機能は弱まっていきます。一概には言えませんけれど、そういうことが多い。

ですから、私は手術はしないし、抗がん剤治療も拒否しようと考えています。

これがまだ四〇代の働き盛りとか、五〇代、六〇代だったらまだ分かりません。手術を受け入れるかもしれませんけれど、この年齢でがんを宣告されて、手術を勧められても、手術はしません。

人生一〇〇年時代、いや、一二〇年時代なんて言われてますけれど、身近に一〇〇歳で元気な人なんてあまり見たことないですし、九〇歳くらいならたまに見かけますがね。私の歳なら九〇歳まで一三年ですよ。だったら〝余命一〇年〟みたいなものですから、あと一〇年ちょっと健康で生きられれば御の字です。

ですから、「手術したら長生きできますよ」と言われても、手術、手術の繰り返しで、ただ生かされているだけにはなりたくありません。

まあ、こんなことを言っておいて、いざ、明日がんが見つかって、医師に告知されたらじたばたするかもしれませんけれど、少なくとも、生かされるよりは自分の意思で余命一〇年（?）を生き延びることを選びたい。それもまた一つの覚悟です。

6. 日本の伝統文化、万歳！

最近の若者を見ていて気になることの一つが、箸の持ち方の乱れです。いきなり細かい話になって恐縮ですが、食堂や居酒屋で若い人たちが食事をする時もそうですし、テレビのドラマやグルメ番組などを見ていても、何だかとんでもない持ち方をしている若者がいます。

中には二本の箸でまともに挟むことができない人もいます。どんなに立ち居振る舞いが立派でも、箸の持ち方がおかしいと、〝ああ、この子はちゃんとした躾けを受けてないいんだな〟と、かなり残念な気持ちになります。

逆に、イマドキのチャラチャラしたイメージであまり好印象を持っていなかった若いタレントさんが、食事をする場面で食べる前に手を合わせて「いただきます」なんてしっかり口にして、丁寧にお椀を持って、きれいに箸を使っていたりすると、一転してガラッと印象が良くなってファンになってしまうこともあります。

最近ではそういう現象を〝ギャップ萌え〟と言って、先入観や事前のイメージが、良い方向に裏切られることで好感度がアップすることをそう言うのだそうです。

仮に、あまりきれいでない箸の持ち方をする女性に指摘したとすると、「うちは親が洋食派だからスプーンとフォークで育ちました。だから、箸の持ち方はよく分かりません！」なんて答えが返ってくる……かどうかは分かりませんが、日本は箸の国なんですから、箸ぐらいまともに使えて当然ではないでしょうか。箸はフォークと違って突き刺す道具じゃないんですよ（笑）。

そんな事を言うと、あら探ししているようですけれど、箸の持ち方一つ取ってもそんな状況なのですから、今の日本人に日本の文化や伝統を守る心はもちろん、謙虚さや思いやりの心さえ失われているように感じられるのは私だけでしょうか。

時代を遡ると、第二次世界大戦後、日本にアメリカ文化が一気に入ってきました。団塊一期生のわれわれはその洗礼を最初に受けた世代で、映画やテレビ、スポーツカー、ロックやポップス、ステーキにハンバーガーなどみんな憧れたものです。

でも、憧れは憧れで若い時分は私も十分かぶれていましたけれど、日本の良き文化や風習を決して忘れたわけではありません。ふだんはどっぷり洋風の生活に染まっていますが、節目、節目では日本の伝統的な習慣に則った生活をしています。

私が小さかった頃も、たとえば正月ともなると親父とお袋はしっかり着物に袖を通していました。で、朝起きたらちゃんと服を着て、正座して親父に「明けましておめでとうございます」と挨拶しました。それでお年玉をもらい、家族で楽しくお節料理を食べたものです。

残念なことに最近ではお節料理を作らない家も増えていて、デパートやレストランが作ったお節料理を買って済ませてしまう家庭も多いようです。

もちろん、澤地家は違います。正月には玄関に門松（マンションなので紙製です）を飾りますし、元旦、起きたらゆず湯に入って体を清めます。その後、みんな身支度を整えて食卓を囲み、新年の挨拶をしたらお屠蘇を飲み、お節料理とお雑煮に舌鼓《したつづみ》を打ちます。お節料理は何から何まで女房の手作りです。煮豆、煮物、栗きんとん、昆布巻き、エビやタイの焼きもの、酢の物など、まあ、かまぼこは作れないですけれど、三段重ねの豪勢なお節料理に北海道から取り寄せたカニも並びます。昼ともなれば女房の姉妹が旦那さんや子供たちを連れて来ますから、総勢十数人の宴会です。

それが澤地家の恒例行事です。お盆はお盆で提灯下げてご先祖様を迎えますし、お彼岸は墓参りに行きます。昔の日本の風習はそういうものだと親から教わりましたし、これからも代々受け継いで欲しいと願っていますけれど、そうはなっていない家の方が圧倒的に多いですよ。澤地家みたいなのは絶滅危惧種でしょう。

そういった伝統的な習慣が失われていけば、若い人たちから日本人らしさ、日本人ならではの美徳が消えていかざるを得ないのは当然ですよね。

今、インバウンドで海外からたくさんの観光客がやって来ているでしょう。彼らは京都のお寺や四季折々の風景に感動するだけじゃなく、日本人ならではの優しさや気配りといった〝おもてなし〟に感激しています。でも、それが観光客向けに作られたおもてなしだったりしたら、やっぱり日本人として寂しいじゃないですか。

ですから私は、古い人間だと思われようが何だろうが、日本ならではの風習や伝統文化を子々孫々の代までしっかり伝えていきたい。

外見はいくら洋風で決めても、体を流れているのは日本人の血ですからね。

7. スマホの進化って必要なの？

ぺえぺえが　ペイペイ使う　立ち飲み屋
——そんな川柳が浮かぶくらい、気づけば電子マネーが普及しています。

今や猫も杓子もスマホの時代です。電車に乗っても道を歩いていても、みんなスマホを持っています。先日は駅のトイレに、片手はスマホで動画を見て、片手に○○○○で用を足すという猛者がいましたよ。そうまでして見たいんでしょうかね。

スマホの機能も進化して、健康管理に加えて電車の定期に電子マネーや銀行口座の管理もできるようになって、バッテリーも長持ちする時代ですから、出かける時はスマホ一台あれば間に合ってしまう時代になりました。

当然、電車に乗れば座席は横一列みんなスマホを見ています。ニュースを読んでいる人、ゲームをしている人、動画を見ている人、中には株の動きをチェックしている人もいるでしょう。私なんか人と同じことはしたくない派ですから、絶対スマホを見ることはしません。そんな中、ぶつぶつ独り言を言っている若者がいたんです。いったい全体、こいつは何で独り言を言っているのか疑問に思ったわけです。

次の日、若い社員にその話をしたところ、電話してるんですよと言われました。今は、ワイヤレスイヤフォンでスマホを耳につけなくても話ができるんですね。そう言えば、そいつの耳から白いうどんが垂れていたのを思い出しました。

『不適切にもほどがある！』の小川市郎も、全く同じこと言ってましたっけ（笑）。

まあ、私自身はガラケーからスマホに変えて長いですけれど、じゃあ、スマホに備わった機能を使いこなせているかというと、もちろんそうでもありません。

たとえば、うちの会社にはフリースペースにスナック菓子が置かれたコーナーがあります。メーカーが設置したものですけど、昔は料金箱が置いてあって、そこに現金を入れれば良かったのですが、今はＱＲコードで支払います。スマホでコードを読み込んで電子マネーで支払うシステムらしいのですが、ちんぷんかんぷんです。

私のスマホでも使えるそうですけれど、使い方が分からない。いいえ、分からないというか、分かろうという気がない。団塊世代としてはそこまでスマホに使われるものかという意地もあるわけです。こっちはお前が出てくるずっと前から生きてるんだぞ。だって、今やスマホを使っているのか、スマホに使われているのか分からない。さっきの猛者なんか、絶対、脳みそが入ってるのはスマホの方ですよ。

あんまり便利過ぎると人は馬鹿になるんじゃないかと思うんですけれど、今は病院も診察券が紙のカードから電子診察券に変わる時代です。専用のアプリを入れると、再診の日時や受付も全部スマホで管理できるんだそうです。もうそうなったらスマホに頼るしかないと諦めたわけです、病院大好きおじさんとしては（笑）。

そんなある日のことですけど、家電量販店に電化製品を買いに行った時、レジに行くと店員が「スマホをお持ちですか？」と聞いてきました。

「持っていますよ」と答えると、「そしたら、この電化製品が無料になるかもしれませんので、スマホ売り場へどうぞ！」と言葉巧みに誘導され、「キャリアを○○に変更すれば、今お買い求めの家電品をサービスします」と言われました。

あれよあれよと変更手続きの説明が始まり、挙げ句に機種変更です。まあ、そろそろかなの頃合いだったので機種変も別にいいのですが、データの移行に一万円以上かかると聞いて驚きました。以前はサービスだったのが、最近は何でもお金を取られる時代です。二時間くらいかかって、ようやく手続きとデータ移行が終了……しませんでした。「テレビもねえ、ラジオもねえ♪」というのは少々大げさですが、人生の大半をアナログで過ごしてきた男に、最新機種の操作など簡単にはできません。四苦八苦、悪戦苦闘、青息吐息で何度も店の人に教わりながらようやく終了です。

店の人も〝困ったジイさんだな〟と思ったことでしょう。ようやくそれで一件落着……のはずが落着してませんでした。家に帰って操作してみると、またまた分からないことだらけで、翌日もまたその店へ行く羽目になりましたとさ。

スマホ一台あれば現金もキャッシュカードも要らない時代です。ほとほとついてゆくのが大変ですけれど、既に諦めたわが友なんか家に置きっぱなしだそうです。

清々しいほどの開き直りですが、それでも携帯電話って言うんでしょうか？

8. セカンドライフよ、何処へ?

ちょっと前までは定年を迎えたら第二の人生とか、セカンドライフとか言っていたような気がするんですけれど、最近はすっかり聞かなくなりました。

今の時代、六〇代、七〇代でも全然現役でしょう。現役というのは困ったもので、やっぱり酒は飲むし、女性の尻を追いかける。私は追いかけませんけれど、団塊の世代は銀座のクラブにとってもまだまだお得意さんです。

銀座もコロナ禍でなじみの店はだいぶ減りましたけど、たまに行くといますよね、まだ生きてたのかっていう男たちが昔話に花を咲かせています。うちの会社がある茅場町なんかも、渋谷や新宿と違って、白髪頭の人が頑張ってる街だと思います。

最初の話のモデルにした蕎麦屋の長寿庵なんか年寄りでいっぱいですから。まあ、年寄りと言っても私よりだいぶ下ですけどね。定年が六〇歳から六五歳に引き上げられたから、それくらいから七〇歳手前くらいの〝若者〟です。

でも、現役というと聞こえはいいですけれど、昔なら六〇歳で定年退職して、退職金と年金で老後の生活を楽しんでいたものです。しかし、今の世の中、退職金と年金だけじゃ生活できなくて、仕方ないから仕事をしているという人も多いです。年金だって、二カ月に一回五、六万円しかもらえない人が大勢います。そうなると、なけなしの貯金を切り崩しながらアルバイトなどして食いつないでいるんですね。

今の日本では六〇代でも七〇代でも働かざるを得ないという現実があります。

定年延長とか再契約できればいいですけれど、そうじゃなくて、それこそ中間管理職で定年を迎えた人は、面接で「何ができますか？」と聞かれても答えられない。「課長ならできます」なんて答えじゃ、次の仕事は見つからないですよ。

そうなると、悠々自適のセカンドライフなんて夢のまた夢。昔は定年を迎えたら自然の中で田舎暮らしをしようとか、オーストラリアのゴールドコーストに夫婦で移住しようなんて言っていたものです。バラ色のセカンドライフだったはずですが、いつしかそんな声もしぼんでしまいました。

まあ、今の時代、日本中どこの業界でも人手不足ですから、業種を選びさえしなければ仕事は見つかるかもしれません。でも、そうなると必然的に肉体を行使する仕事になってくるわけで、体力勝負になって若い者にはかないません。そうならないためには六〇代、七〇代になっても力仕事ができるよう、今のうちから体を鍛えておくことが、これからの時代は必要になってくるかも知れませんよ。

そういう話になると、「お互い八〇までは頑張ろうな！」みたいな弱気な話になります。まあ、弱気を装いますけれど、その一方で、〝冗談じゃない！　まだまだ行けるぞ〟という意気込みもあります。だって、私の大先輩なんか、先日、米寿のお祝いを友人たちと一緒にしてあげましたけれど、きっと九〇歳になっても元気ですよ。

まあ、元気だから九〇歳まで生きてこれたのか、九〇歳まで生きたから元気なのかは分かりませんけれど、昔の人は今の若者みたいにスナック菓子みたいなジャンクフードなんか食べませんでしたし、合成着色料とか化学調味料みたいなものもあまり口にしてません。小学校や中学校の体育では散々走らされましたから、体の鍛え方が今の若い人とは根本的に違います。私なんか若い頃、野球やってましたから、さすがにバットでは殴られませんでしたけれど、平気で平手打ちが飛んできましたからね。今そんなことしたら大問題になりますけど、昔はそうやって鍛えられたんです。

そう言えば、今の若者はよくジムに通って鍛えてますよね。

うちの社員も最近、すごいマッチョが増えた。「どうしたの？　二の腕すごいね」って聞くと、「ジム通ってます」って。ほんと逆三角形で胸板ものすごい。少し前まではぽっちゃりしてたのが、全然体型が変わってるんです。それもまあファッションの一つで、もちろん健康も考えているんでしょうけれど、その方が女にモテるからなんてのが原動力だったりしますよね。今の子はみんなすごい体してますよ。

でも、実は男性だけじゃない。この間もなじみの焼鳥屋に行ったら、女将さんが見違えるほど細くなっているんです。聞いたら、一年半で一五キロ痩せたって。週三回ジムに行って、毎回一時間ほどマシンを使って体を動かすんだそうです。

私も試しにスポーツクラブに行ったことがありますけど、平日の昼間なんか七〇代、八〇代らしき年寄りばっかりです。えっ、お前は体動かさないのかって？　私は今でも十分健康ですし、一人で体動かしても面白くないから長続きしないいんですよ。

9. 野球・スキー・テニス・ゴルフ

「四番、サード長嶋」

九回裏二死満塁、三点のビハインド、今はなき後楽園球場にそんなアナウンスが流れると、観客席の盛り上がりは頂点に達しました——。

東京・足立区生まれの野球少年にとって、好きな球団は当然、読売ジャイアンツ、いや、巨人で、とりわけ長嶋茂雄選手に夢中になっていました。

ユニフォームの背番号は長嶋さんと同じ3番、守備はもちろんサードです。あの当時、好きな物といえば「巨人・大鵬・卵焼き」と言われていたくらいで、ほとんどの野球少年は巨人ファンでした。もちろん、阪神も人気はありましたよ。何と言っても巨人の宿命のライバル球団ですからね。

因みに大鵬は大相撲の横綱で、幕内優勝三二回を誇る昭和を代表する相撲取りです。均整の取れた体つきにハンサムな顔で、男性はもちろん、女性にも大人気でした。大鵬のライバルが柏戸で、大相撲は「柏鵬時代」などと呼ばれていたものです。

当時の巨人は「ＯＮ」と言って、一本足打法の王貞治選手と長嶋選手が二枚看板でしたが、私は長嶋派でした。サードゴロを華麗にさばいてファーストに投げる時の流れるようなフィールディングをよく真似したものです。長嶋さんは何と言ってもわれわれ世代のヒーローだったことは間違いありません。

当時の私のホームグラウンド（笑）は荒川の河川敷の野球場で、薄暗くなってボールが見えなくなるくらいまで夢中になって遊んでいました。家庭教師が来ても、お袋が迎えに来ても帰りません。その後、お袋には頭を小突かれてましたっけ。

そして、少し大人になると、冬はやっぱりスキーです。それこそ日本中のスキー場に夜行列車や夜行バスでツアーしていました。板はヘッドやクナイスル、靴はノルディカ、ウェアは……えーと、思い出せません（笑）、とにかく形（ブランド）から入りました。金などありませんから、スキー場でアルバイトです。三食リフト乗り放題付きで最高に幸せでした。シーズン中は全国のスキー場に入り浸り、まだ、山に雪がない間は人工雪の狭山スキー場に行ってウォーミングアップしたものです。

いざ雪が降り始めると、群馬の水上、長野の白馬、東北の蔵王、そして、はるばる北海道の手稲やニセコまで遠征しました。その後、春が近くなるとシーズンの締めくくりは山形の月山という、まさにスキー三昧でした。

さらには日本国内では満足できず、フランス、スイス、オーストリアなど海外のスキー場まで足を延ばして滑りまくったものです。

今の若者はスノーボードが人気だそうですが、当時はスノボなんてないですから、スキーは女性にモテるスポーツの筆頭です。ゲレンデを縦横無尽に駆け巡り、お目当ての女性と仲良くなる。当時はスキーが上手なら誰でもモテた時代です。まあ、中にはゴーグルを外した途端、女の子が消えたなんていう話も聞きましたが（笑）。

私の場合、生来の目立ちたがりゆえ、ゲレンデの中央などは滑りません。リフトの下をウエーデルンで颯爽と滑り降りて、上がってくるお目当ての女性に最高のパフォーマンスを見せつけ、夜は食事に誘うのです。最高の青春を謳歌しましたね。

社会人になると、今度はテニスです。上皇陛下と美智子さまのテニスコートの出会いで一気に日本中にテニスブームが訪れたのも懐かしい話です。休日ともなるとテニスクラブに入り浸り、たくさんの友人ができました。大会にも参加したり、仲間と合宿に行ったり、楽しい時間を過ごしました。その頃の友人とは今も酒を酌み交わしては、「お前より俺のほうが上手かった！」などと言いながら旧交を温めています。

そして、五〇代を前にゴルフに夢中になりました。それまでは付き合いでしか行かなかったゴルフでしたが、これは私の悪い癖で、突然、スイッチが入って夢中になってしまい、休みの日は全てゴルフに費やしました……が、ゴルフほど難しいスポーツはありません。止まっている球を打つだけなのに、真っ直ぐ飛んでくれない（笑）。全然上達せず、嫌気が差してクラブさえ握らない時期がありました。

五三歳で会社を興してから七年余りは時間もお金も余裕がなく、付き合い程度のゴルフでしたが、六〇歳近くになって本格的に再開しました。現在に至るまで年間五〇回（ほぼ毎週です）はコースに足を運び、もうかれこれ一五年ほどはゴルフで仲良くなった友人たち三家族で毎週楽しくラウンドしています。

野球、スキー、テニス、ゴルフ――昭和の人気スポーツ全制覇ですね。

10. ビートルズで人生変わった、かな？

今から五八年前の昭和四一（一九六六）年六月二九日、イギリスから来た四人の若者が羽田空港に降り立ちました。日本中の若者を虜にした「ビートルズ」です。彼らは六月三〇日から七月二日にかけて日本武道館で全五公演を行いました。

武道館で初めてのミュージシャンの公演だったり、ザ・ドリフターズが前座を務めたりと、今となっては懐かしいエピソード満載ですが、驚いたのはその演奏時間で、『ロックン・ロール・ミュージック』など全一一曲で約三五分だったそうです。〝えっ、そんなに短かったの！〟と思いますけれど、当時、ビートルズの生演奏はどんな場所でもそう決まっていたそうなんです。

ビートルズは一陣の風のようにやって来て、瞬く間に去っていきました。

彼らの音楽は〝リバプールサウンド〟と呼ばれて爆発的な人気を博し、あっという間に世界中の若者の心を掴んで離さないスーパースターになりました。しかし、その一方で大人の反応は全く違い、それは日本でも変わりませんでした。

「あれは不良の音楽だ。聞いてはいけないし、見に行ってはいけない！」

学校からはそんな通達が出されたのです。ビートルズに憧れて似たような髪型にしようものなら、教師から「けしからん！　不良の真似をするな」と叱られる事態があちこちの学校で巻き起こりました。

しかし、若者たちはみんなビートルズの音楽に憧れてギターを買い、ジョン、ポール、ジョージ、リンゴ（はドラムスですが）の真似をして歌ったものです。

もちろん、私もその中の一人です。その後の人生もビートルズの曲を抜きにして語れませんし、広告代理店でカメラマンとして働いていた頃も、夜中にラジオから流れてくるビートルズを聴きながら酢酸の匂いがする暗室で現像していました。

オールナイトニッポンだったかな、ＤＪの話の合間にビートルズの曲がかかると、「ヘイ・ジュード♪」とか、「カム・トゥゲザー♪」なんて鼻歌を口ずさみながら、三五ミリフィルムを現像して印画紙に焼き付けていたものです。

ビートルズの歌に聞き惚れ、今を憂い、それでも必ず素晴らしい明日が来ることを願ったのです。そんな思い出が心の奥底にずっとありました。それで、還暦を越えた頃に、青春時代の思い出を形にしておこうと歌詞を書いてみました。

そうやってできたのがこの曲です。

『あの頃のように』

深夜のラジオが　ビートルズを　奏でてる
ああ　すべてが輝いてた　イエスタデイ
どんなに心が　傷ついてもかまわない
ああ　必ず明日がくると　だから生きるのさ

憧れだけで手にしたギターよ　そっとそばにおいている
どこに向かい　何をしたいの　あの頃の僕
生きる意味もわからず　ひとりきりさまよった
あの頃のように

流行りの服着て　したり顔で歩いてる

ああ　すべてが思い通りに　ＩＬＯＶＥ ＹＯＵ
どんなに　世界が変わろうとも　かまわない
ああ　必ず夢かなうと　だから生きられる

勝つ事だけが　人生じゃないと　競い争いいがみ合う
そんなことに　疲れ果ててた　あの頃の僕
古い酒場　想いを語りあう　友がいる
あの頃のように

時は流れて　今思う事は　人の心それだけが
きらきらと　輝いていた　あの頃の僕
支えられて　愛され信じあい　生きてきた
あの頃のように

後ほどお話ししますが、実はこの曲、自分でも歌ってます。YouTubeでも見ることができますので、興味を持たれた方は検索してみて下さい。

歌詞にある「流行りの服着て」とは、当時流行ったアイビールックの教祖・石津謙介さんが創った「ＶＡＮ」（ヴァンヂャケット）やコンチネンタルルックの「ＪＵＮ」の服を着て、銀座のみゆき通り近辺に出没していた〝みゆき族〟のことです。

彼らは当時のファッションリーダーで、イギリス紳士を真似て、雨も降っていないのに傘を片手に歩いていました。当時の男性週刊誌では「きみはＶＡＮ党かＪＵＮ党か？」なんていう特集が組まれたりするほどでした。そう言えば、みゆき族はボタンダウンのシャツに三つボタンの紺のブレザーを羽織り、茶色に赤と黒で「ＶＡＮ」のロゴが入った紙袋を小脇に抱えて闊歩していましたね。ほんと懐かしい。

そして、団塊の世代の特徴である人口の多さゆえ、社会に出ても競争、競争、競争です。そんな苦悩のサラリーマン時代を皮肉って、「勝つことだけが人生じゃないさ」と、当時の自分にエールを贈ってみました。

そんな懐かしい時代を経て、「想いを語る友がいる」のが今です。

ゴルフ仲間やテニス仲間……と私にはたくさんの友がいます。その一人が私の詞に曲をつけてくれた作曲家・編曲家の若草恵《けい》さんで、ゴルフ仲間であり仕事仲間である友人に紹介されたのが運命の出会いでした。

ゴルフを通じて出会ったのですが、恵さんはお酒を飲めないんですけれども、何となく気が合って、何度かお会いするうちにコンサートにも招待していただいて、とても仲良くなりました。昭和の錚々たる歌手に曲を提供している大御所とも言っていい方なのですが、お会いすると気さくでとても腰の低い方です。

そんな恵さんにある日、「詞を書いてみたら。僕が曲を作るよ」と言われました。これには驚きましたけれど、一念発起して、通信教育で作詞家講座を受けたのです。毎週、毎週、課題やメロディーが送られてきて、それに対して詞を書いて送ると、採点されて戻ってくるんです。

三カ月くらいだったかな、そうやって作詞の勉強をして、ビートルズの「イエスタデイ」に始まる自分の人生を歌詞にしたわけです。

そんな青春の一ページを刻んだ若者も、今や七七歳の後期高齢者です（笑）。

11. 伝説のスタジオで大緊張!?

さて、渾身の思いを込めて作詞した曲『あの頃のように』ですが、おそるおそる若草恵さんに送りました。〝どんなことを言われるんだろう?〟〝少しは褒められるかな?〟〝素人の作詞なんか書き直しだよな?〟などと不安でいっぱいです。

ところが、一カ月経っても二カ月経っても音沙汰ありません。その内、〝芸能界の口約束なんてそんなもんだよな〟と、すっかり諦めかけていたところ、七、八カ月経った頃に、恵さんから「できましたよ!」って、デモテープが届きました。

その瞬間、私は恵さんを少しでも疑ったことを心から申し訳なく思いました。この場を借りて、改めてお詫びとお礼を申し上げます。

デモテープは粗々の曲ということで、その後、修正しつつ、あれよあれよという間にレコーディングの日時が決まりました。

恵さんは、私のかすれる感じの歌声がいいって気に入ってくれたんです。

そして迎えたレコーディング当日、私は現地に到着して驚きました。その辺にあるような――と言ってもモノのたとえで本当にあるかどうかは分かりませんが――こぢんまりとした録音スタジオかと思いきや、名だたる大物ミュージシャンもレコーディングに使うという芝公園にある伝説的なレコーディングスタジオだったのです。

ド素人の草野球選手が、いきなり東京ドームの巨人×阪神戦のマウンドに立つようなものですよ。ビジネスならいくらでも修羅場の経験がありますから緊張とは無縁の私ですが、レコーディングとなると勝手が違って緊張しないわけがありません。

当日は、ＣＤを作る以外にも、そのままカラオケに使えるようなプロモーションビデオも撮っておこうということで、うちの会社のエンタメチームも同行しました。先ほどお話しした YouTube がその時のＰＶです。

スタジオ内には、楽曲を演奏してくれたミュージシャンの方々もいらっしゃいました。ギター、ベース、ドラムス、サックスなど五人くらいいらっしゃって、まずは恵さんからの紹介がありました。

「紹介します。作詞家であり、歌手でもあります澤地さんです」

作詞家であり、歌手でもあるって、ただの素人ですからね（笑）。

続いてミュージシャンの方々の紹介です。その一人が『男達のメロディー』が大ヒットした人気バンド「SHŌGUN」で活躍した方と聞いて、これまた驚きです。ますます緊張のメーターが上がっていきました。

そんな風にスタジオに入っただけで大緊張なのに、一人でボーカルブースに入ってガラス越しにコントロールルームを眺めると、恵さんたちプロフェッショナルがミキサーの前に座っています。それはもう喉が渇くのも当然です。

「ちょっと酒飲んでいい？」

思わずそんな言葉が口から出ていました。

やっぱり度胸を付けるにはアルコールを補給するしかありません。うちの女房を使いにやらせて、買って来たビールの小瓶をグイッとひと口飲んで、大きく深呼吸をしました。

さて、いよいよレコーディング開始です。

ヘッドフォンをつけて、マイクに向かって最後まで真剣に歌い上げました。

——そんな風に私の人生初のレコーディングが終わりました。超有名スタジオで、超ベテランの一流ミュージシャンたちをバックに私がどんな歌いっぷりだったかは、もちろんYouTubeを見てください。まるでド素人とは思えない、百戦錬磨のベテラン歌手のような堂々とした歌い方だった……はずです。

テイク６くらい繰り返し、歌い終えるとブースから出て自分の声を聞きました。もう大満足、というか、満足しないわけがありません。歌い終わって緊張もすっかり解けて、気分が楽になった私は、一流ミュージシャン方の話の輪に加わりました。

いったいどんな話をしているのかと思いきや、何と年金の話です（笑）。

「俺たち年金少ないよな〜」なんてボヤいているわけです。会社勤めと違って俺たちは国民年金だから、本当にもらえる額が少ないから大変だよなんて……。

みなさん私より少し年下です。ベテランのプロミュージシャンたちも年金の話をするのかと、印象がガラッと変わってすごい親近感が湧きましたね。

その時、私は六五歳でした。還暦を過ぎてかなり遅咲きの歌手デビューとなりましたが、人生何が起きるか、本当に分からないものですね。

12. 女性演歌歌手に贈った歌

因みにこのレコーディングの時、私はお金を出していないんです。超有名なレコーディングスタジオで超一流のミュージシャンなのに。みなさん素人のためにボランティアで演奏してくれたんです。もちろん、みなさん恵さんつながりで、恵さんに世話になった人が来てくれたんですけれど、やっぱり嬉しいですよね。

YouTubeで私の名前で検索すると、『あの頃のように』の他にも、『想いのままに』『永遠の輝きを』『夢の続き』といった曲が出てきます。二曲目の『想いのままに』は、人気歌手の平原綾香さんのお父さんがサックスを吹いてくれているんですよ。残念ながらお亡くなりになってしまいましたけれど……。

平原まことさんといって、安全地帯や谷村新司から、フランク・シナトラ、ナタリー・コールまで錚々たる国内外の有名歌手のコンサートやレコーディングに参加したことがあるという超ベテランの大物ミュージシャンなんです。

そんな大物ミュージシャンと一緒に仕事ができるとなると、誰だって少しは調子に乗るでしょう。お陰様でだんだん曲を書くのが楽しくなってきました。

ある時、恵さんを通して瀬口侑希《ゆうき》さんという演歌歌手と知り合いになりました。平成一二（二〇〇〇）年に『ねぶた』という曲で日本クラウンからデビューして、今日までシングルで三〇曲以上、アルバムも六枚出しているという人気歌手です。

ＮＨＫの番組にもよく出られています。最新曲は『さだめの海』（二〇二三年一二月発売）というとても素晴らしい曲です。瀬口さんの歌唱力とのびのあるしっとりした歌声には、いつも聞きほれています。

そんな関係で演歌『おんな未練の帰り花』という詞を書きました。それはＣＤにはなっていないのですけれど、会社の忘年会で瀬口さんが歌ってくれました。それまでの曲は自分の体験を元にした歌詞ですが、今度は演歌で完全に想像の世界です。しかも不倫を歌った演歌ですけれど、書いていて面白かったです。


『おんな未練の帰り花』

明日　あなたに　会えぬなら　いっそこのまま　ここに居て

帰したくない　夜の雨　二度と戻って　こないから
嘘つく　あなたは　仔犬のように
そんな　そんな　仕草を　分かっています
おんな　おんな　一人で　生きられる

遠い　思い出　儚くて　絡めた小指　じっと見る
流れる涙　ふき取るの　枕濡らして　一人きり
いつまで　続くの　待つ身の辛さ
連れて　連れて　来てよね　そぼ降る小雨
あなた　あなた　だけなの　これからも

恋に　うなされ　生きてきた
好きな　あなたに袖にされ
それでも私は　信じたい
おんな未練の帰り花　いつまた会えるの　答えてほしい

酒で　酒で　紛らす　切ない心
二度と　二度としないは　恋なんて
おんな　おんな　未練の　切ない心
二度と　二度としないは　恋なんて

そして、恵さんのお弟子さんに「なつこ」という歌謡曲歌手がいます。

恵さんの紹介で今もお付き合いさせていただいてますが、心に響くとても素晴らしい透き通った歌声で、いつもコンサートは満員です。

なつこさんのご主人は弁護士ですが、その一方でプロダクション経営も兼ねて妻を支えているという夫唱婦随、いや、文字通り婦唱夫随のとても素敵なご夫婦です。

ただし、なつこさん曰く「弁護士資格もいいけれど、運転資格も取ってほしい」とか。はばかりながら、私もなつこさんと全く同意見です。

これからも頑張って活躍してほしいと願っていますし、私としても、いつか、なつこさんにも作詞が提供できるよう作詞力をつけなければと思っています。

13. 還暦過ぎて〝酒友〟ができる幸せ

私にはスキーでできた友達、テニスの友達、そして、ゴルフの友達がたくさんいます。みんな素晴らしい仲間たちで、巡り会えたことに感謝しています。あ、それから忘れちゃいけないのが〝酒友〟です。まあ、酒飲み友達ですね。たいていゴルフを通して出会って、気づいたら酒友になっていたというケースが多いです。

その中でも仲が良いのが二人いまして、まず一人目は千葉の東金で寿司屋をやっていた森さんです。ある時、ゴルフ帰りに寿司を食べたくなって、近所を探し回ったところ、たまたま見つけたのが森さんの店でした。飛び切り旨い寿司で森さんも（コワモテですけど）気さくで良い人ですから、ゴルフに行く度、暖簾《のれん》をくぐるようになりました。

森さんは年二回、馴染みのお客さんを招待してゴルフコンペを開催しているそうで、私も招待されました。参加者は四、五〇人もいましたけど、それはもう素晴らしいコンペだったんです。私もそれまで星の数ほどコンペに出ていますけれど、こんな素晴らしいと思うコンペはなかったくらいの最高に楽しいコンペでした。

コンペが終わると森さんのお店の二階の大広間に集まって、表彰式兼パーティーをやるんですよ。賞状を出して副賞もつく。寿司屋だけに、副賞には生きているウナギなんかが出るんですから大盤振る舞いです。私は丸ごと一杯のカニをもらって、東京に帰って来てから、近くの寿司屋に頼んで茹でてもらった記憶があります（笑）。

パーティーでもいろいろなゲームを森さんが考えて、みんなでワイワイ騒ぐんです。アットホームで非常に楽しいひと時でしたね。

まあ、ゴルフコンペというと、たいていは会社や取引先、業界の人が集まってやる感じですから、どうしてもしがらみがあって気を遣うじゃないですか。森さんのゴルフコンペは完全プライベートで、誰に気兼ねするわけでもないですからね。

次にお店に行った時、森さんに「すごく楽しいコンペだった。次はいつやるの？」って聞いたら、「もうやらない」って言うんですよ。私が参加した時が最後だったんです。それはもう気落ちしましたけれど、年に二回、四、五〇人も呼んでコンペを開いて、表彰式をやって、パーティーもやって賞品を用意するのも大変ですよね。

しかも、森さんはそれからしばらくして店も閉めちゃいました。独立して四七年だったそうなんですけれど、閉めた理由を一切言わないし、聞かれても答えない。男の引き際というか、美学というか、潔いですよね。そこから先は踏み込んじゃいけない。もしかして、単なるへそ曲がりなだけかもしれませんけどね（笑）。

それ以来、森さん夫婦ともうひと方、ゴルフコンペの時に一緒に回った元自衛官の小宮山さん夫婦とで夫婦ぐるみの付き合いになりました。森さんも小宮山さんもすごく酒が強いんですよ（笑）。日本酒が好きで、私の家や森さんの家で、夫婦六人で酒や料理を持ち寄っての宴です。で、森さんの家の庭がまた立派なんです。

広い庭に自分でログハウスみたいな小屋を建てたんですけれど、そこには店で使っていたカウンターを運んできて設置して、厨房もありますから寿司も握れます。庭には桜など季節の花が咲きますし、特筆すべきはアジサイ。大きなアジサイがズラーッと植わっていて、毎年、梅雨どきともなると花が咲いてそれはそれは見事です。

われわれ夫婦と小宮山さん夫婦も集まってアジサイ祭りの始まりです。満開のアジサイを愛でながら明るいうちから飲み始めます。まあ最初は「きれいなアジサイだね～」なんて言ってますけれど、酒が入ると、アジサイはどうでもよくなって、飲んだり食ったりしてるんですけど、これがまた楽しい。

そんな時に何を話しているかって言うと、森さんは同じ歳ですし、小宮山さんも歳が近いから、ほとんど昭和の昔話と、他はたいてい体の話（笑）。病気や怪我に縁がないのは私くらいですけれど、いつも「今年は無事に済むようみんなでお祓いにでも行くか」なんて言って大笑いしています。

それにしても、六〇代、七〇代で新しい友達ができるなんて本当にありがたい話です。しかも、会社や肩書きにも全然関係ありませんし、夫婦揃って仲が良いときてるからね。これ以上ない幸せです。彼らといると、とにかく楽し過ぎて、私なんか、ほんとバカなことばっかり言ってますよ（笑）。

友人の話をするとなると、もう一人、いやもう一組のご夫婦を忘れることはできません。そのご夫婦は私よりひと世代ほど下ですが、ご主人と奥様がそれぞれ別の不動産会社を経営する「凄腕経営者夫妻」でもあります。

彼らとは、毎年のように、夏になると凄腕経営者ご夫妻がお持ちの軽井沢の別荘にお邪魔して、ゴルフや食事と楽しい時間を過ごさせていただいています。大変な資産家なのですが、気さくで肩肘張らない愉快なお付き合いをさせてもらっています。

何が気さくで愉快なのかと言いますと、とにかくせっかちなんです。

例えば軽井沢から草津まで足を延ばして、温泉に入りに行った時の話です。

〝さあ草津に着いた。ここらでゆっくり温泉にでも浸かろうか〟と、夫婦それぞれ男湯・女湯に分かれます。

「ゆっくり浸かって！　あとでね」

女房たちにそう言い残し、私も脱衣所に入りました。「♪草津良いとこ一度はおいで〜」などと口ずさみながら、置いてあった体重計に乗って〝少し太ったかな〟なんて針を見ようとしたその瞬間、タオルで前を隠した凄腕経営者夫妻のご主人が、「ああ、いい湯だった！」などと言いながら私の横を通り過ぎたんです。

〝うそ！　今入ったばかりでしょ。俺はまだ入ってすらないぞ‼〟

その間、たったの五分ほど。もの凄い早業です。正に生き馬の目を抜く業界で活躍する人は一秒も無駄にはしないのだなと変に感心しました。

ことほどさように食事も早いですし、ゴルフも構えたらすぐ打つんです。目標も定めず、狙いもつけず、とにかくすぐ打つ。次の順番もお構いなく目の前のボールを打つ。打つ。打つ。ゴルフはハーフ（九ホール）二時間一五分を目標に、プレーファーストがマナーなのは十分承知していますが、彼はおそらく一人でプレーしたら一時間くらいで回り終えてしまうでしょう（笑）。

ご夫婦には決まりがあるそうで、食事を作るのは凄腕経営者の奥様の仕事で、後片付けをするのは凄腕経営者のご主人の仕事だそうです。作業分担ができていて、私のように女房に任せっぱなしではありません。

しかし、一つだけ困ったことがあると奥様がおっしゃってました。

「食事の後で洗い物をしてくれるのは嬉しいんですが、毎度、毎度、箸を捨ててしまうんです。今まで何膳、箸を買ったか分かりません」

もちろん、割り箸ではない普通の塗り箸です。凄腕経営者ともなると、細かいことは気にせず前を見て前進あるのみなんでしょう。

「朝寝・朝酒・朝湯が大好き」なのは小原庄助さんですが、彼の場合、「早湯・早打ち・早食いが大好き」なわけです。それで身上《しんしょう》潰さないことを祈っております。

14. 土曜の夜はお酒でフィーバー

深酒に　鉄槌くだす　砂利の道

——というわけで酒の話が続きますが、〝酒友〟の森さんと小宮山さんとは月一くらいのペースで飲んでいます。あまり間が空くと寂しくなるくらいですからね。

たいてい五時頃から飲み始めるんですけど、昔話をしたり、バカ話をしたり、あるいはカラオケを歌ったりと、気が付けば時計の針は一〇時、一一時になってます。森さんは元寿司屋で夜遅くまでやっている商売ですからいいですけど、小宮山さんは仕事があります。「いい加減もうやめようや」って言うんですけど帰らない。

なんだかんだ理由をつけて飲んでるんですよ。

さすがに真夜中の一二時回ると私もきついから、「俺も眠くなったからお開き！」って言うと、ようやく終了です。毎回そんな感じで、飲んでしゃべってとにかく楽しくて仕方がない。

後期高齢者なのに五時から一二時過ぎまで七時間以上飲むって、我ながら凄いですよね。飲み過ぎるなって言われても飲んじゃう。お互い、いい歳だから自分のことを取り繕《つくろ》うでもなく、素のままで付き合えるのもいいし、夫婦三組揃って楽しいというのが一番です。

だって、会社勤めしてた人が飲み会の席で「俺は最後、部長だったけど、お前は何だった？」って聞いたら、相手が「課長」と答えた途端に上から目線になるとか滑稽です。そんな風に言われたら嫌な思いをして会いたくなくなりますよ。

「澤地さんは偉そうなこと一切言わないから付き合えるんだよ」

よく、そんな風に言われますけれど、酒の席に肩書きは必要ありません。

ですから、私はいろいろな人とも付き合えます。だって、いろいろな人とお付き合いした方が、新しい発見もあったりして面白いでしょう。

〝酒友〟以外にも、だいたい週に三日は社員たちと飲んでますね。

世代も性別も関係なく、いろいろな部署の社員と飲むんですけど、私が誘うと「お断りします」「結構です」と言う人間が一人もいない。女性社員にも、「今度飲みに行こうか？」って言うと、「はい、分かりました」って喜んでくれます。

それは別に会長に誘われたから断れないのではなく、みんな楽しいから来てくれるんです。なぜなら、仕事の話はしないから。

趣味の話をしたり、遊びの話をしたりして、「また明日から頑張ろうな」でお開きです。先日は僕の歌をいつも演奏してくれてるバンドをやってる社員と飲んで、今度は何やろうかなんて企んでいます。

その前は、独立した時から一緒にやってきた私の盟友でもあり戦友でもある男と近所の蕎麦屋で痛飲しましたよ。そう、痛飲です。まずはビールで乾杯して、焼酎の蕎麦湯割りを二、三杯飲んで、燗酒二杯、その後に冷酒をコップに二、三杯飲んで、ああ喉渇いたなって二周目のビール。それくらいは普通ですよ。それ以上いくとさすがに辛いかな（笑）。

もちろん、友人・知人・社員と飲む以外でも、家で毎晩の晩酌は欠かしません——とは言うものの、この歳になると健康のことが気に掛かるというものです。

知り合いに不幸が続いたり、サプリメントの広告に敏感になったり、今まで無意識にできていたことができなくなったりします。それも歳を重ねるということで当然至極なのですが、自分の年齢を嘆きながらも酒を飲むのだけはやめられない。

「飲み過ぎは良くないですよ！」

診察の度に主治医の先生から言われていましたが、最近では先生もいい加減諦めたのか、

「お銚子は二本までにしてくださいね」なんて言われます。

日本酒だけならおっしゃる通り二本なんで、「大丈夫です！」と答えていますけれど、その前にビール、焼酎、ウイスキーを飲み干してますなんて絶対言えません。

まあ、喜寿になろうとしているのに痛飲しているわけですから、今のところ体は大丈夫ですけれど、酒に関する失敗談は若い時分から山ほどあります。電車の乗り越しに忘れ物なんてのは良い方で、少し前は砂利道で転んで額から血を流しました。大した傷でもなかったんですけれど、額って出血量が多いんです。家に帰ったら女房が驚いてました。最初に書いた川柳は、その時の自戒の念を込めて作ったものです（笑）。

これからは主治医の言う通り、「酒と女は二合（号）まで」にします！

15. 一期一会の縁〈えにし〉に感謝

私が作詞を手掛けるようになったのは若草恵さんとの出会いからです。

先にも書きましたように、恵さん（先生とお呼びすると、恵でいいですよと言われます）は日本作曲家協会常務理事で、日本レコード大賞編曲賞を三度も受賞し、同じく日本レコード大賞作曲賞も一度お取りになっている大変高名な方です。

それなのにとても優しく物静かで、私は恵さんを人として尊敬しています。

最初の曲は前にも書きましたように『あの頃のように』で、次に書いたのが『想いのままに』という曲です、これは私の一人しかいない孫の悠吾に贈りました。

「人生に後悔なんかしてほしくない　自分の道を切り開くのは　人を愛する優しい心　愛がなければ生きられない」というエールの歌です。

そして、『永遠の輝きを』という曲は自分の人生を振り返って、思いのまま、ただ、がむしゃらに生きてきたけれど、まだまだこれからも夢は見続けたいという歌です。

素人の私がこのような作詞活動をしてこられたのも、恵さんと音楽プロデュースをしていただいた寺岡博彦さん、そして、わが社のエンターテイメント部の山口君、高木君、鈴木君たちの助けがあってこそです。

一期一会――みなさんとの出会いがそうさせたのです。

最近では〝酒友〟の小宮山さんに贈った『夢の続き』という曲があります。

小宮山さんは、私より一歳年下で、今も現役バリバリで働いています。体力を使う仕事ですが、若い頃から体を鍛えていますから私なんかより全然元気です。元気で明るくて、とても素晴らしい人物です。

出会ってしばらくした頃、小宮山さんが昔話をしてくれたことがありました。

子供の頃から歌がうまかった小宮山さんは、大人になったら歌手か俳優になるのが夢でした。今から五〇年ほど前の二〇代の頃、故郷の千葉からオーディションを受けに東京まで夜行列車に乗って何度も通ったそうです。

そんなある日、ようやく念願かなって、とあるオーディションの最終選考に残ることができました。

しかし、最終選考の前夜、母親やお姉さんからこう言われました。

「そんなもんで飯が食えるほど甘くない。もっと地道な仕事を見つけて、真面目に働きなさい！」

そう言われて、小宮山さんは泣く泣く最終選考に出るのを諦めました。

その話を聞いた私は、「それ、歌にしてやるよ」と言いました。もしもあの時、オーディションに出ていたら、小宮山さんの人生は変わっていたかもしれません。でも、小宮山さんの屈託のない笑顔を見れば、今の人生に満足していることが分かります。

それまでの私の曲は自分の半生を振り返ったものでしたけれど、今度は他人の人生です。キーワードは「夢」ということで、『夢の続き』という曲を書きました。もちろん、作曲は恵さんにお願いしました。


できあがった歌詞を恵さんに見せたら、「詞の調子が違いますね。すごくいいですよ」と言われました。他の曲はあまり褒められた記憶がないんですけれど……（笑）、『夢の続き』は恵さんのお眼鏡にかなったようで何よりでした。

『夢の続き』

夢は願うものじゃなく　叶えるものだと教えてくれた
優しい目をしたおふくろに　幼い自分が映ってた
他人に言える訳じゃなく　夢追う虚しさ儚さまでも
夜汽車の窓に涙が光る　若さの先には何がある
一人彷徨って　疲れた身体引きずりながら
やっと手にした幸せを　微笑む女房《きみ》に捧げたい

時は待つことも知らず　夢を見失い忘れかけてた
いくつになっても諦めず　夢の続きを見ていたい
気苦労ばかり済まないね　明るい笑顔に癒されながら
仕事終わって飲む酒だけが　今の自分にゃ夢心地
生きて来たのさ　誰に憚る訳じゃなく
夢が叶うか叶わぬか　歌への想い変わらない

一人彷徨って　疲れた身体引きずりながら
やっと手にした幸せを　微笑む女房《きみ》に捧げたい
微笑む女房《きみ》に捧げたい

もちろん、曲ができたらレコーディングです。

もともと歌のうまさで鳴らした小宮山さんですが、いざ、レコーディングとなると勝手が違いますから、事前に恵さんの個人レッスンを受けることになりました。

そしてレコーディング当日、待合室でちらっと小宮山さんを見ると、小刻みに足が震えていました。私もそうでしたけれど、誰だってスタジオに放り込まれたら緊張で声も出ません。ようやくガラス張りの部屋に入り、レコーディング開始です。

悪戦苦闘の末、素晴らしい歌が完成しました。もう一人の〝酒友〟の森さん夫婦も駆けつけ、みんなが幸せになった瞬間でした。

後日、何とゴルフ場にドローンを飛ばしてプロモーションビデオを撮影しました。恵さんのメロディーも素晴らしかったのですが、ＰＶに小宮山さんと揃って出演された奥様の微笑む笑顔も最高で、どこかの女優さんかと思いましたよ。

わが〝酒友〟は酒ばかり飲んでいるわけではなく、いろいろなドラマも生み出しているのだなあと嬉しい気持ちになりました。

恵さんのお陰で六〇歳を越えて作詞を勉強し、伝説のレコーディングスタジオで歌うなど、いろいろな新しい経験をさせていただきました。まさか自分のＣＤを出す日が来るなど夢にも考えたことがありませんでしたから感慨深いものがあります。

みなさんとの出会いがあったからこその経験ですし、一歩前に踏み出さなければ、このＣＤだって生まれなかったでしょう。人生、何でも挑戦してみるものですし、人間は何歳になっても挑戦できるものだと思いました。

「真の青春とは、若き肉体の中にあるのではなく、若き精神の中にこそある」

アメリカの詩人で実業家のサミュエル・ウルマンはそんな風に言っています。そういう意味では、私の青春時代はまだまだ現在進行形です。

16. それでも家族は素晴らしい

ここで、少しだけ私の家族の話をさせてください。

私は東京の下町、足立区北千住というところで生まれました。当時、太平洋戦争の終戦からわずか二年しか経っていない混乱の時代でした。

幼い頃、家の近所には炊き出しのテントが張られ、粗末な格好をした人たちがお椀に入ったご飯と味噌汁を手に持って、テントの近くに座り込んで黙々と食べていました。そんな姿を今も忘れることはできません。

まさに敗戦国の悲しい現実を垣間見ることになりました。

私の親父は隅田区で町工場を経営していました。とても手先が器用で、工場の道具を使って釣り竿やウキなど何でも自分で作ってしまいます。

その頃、日本で初めてテレビ放送が始まりました。

一般の家庭ではテレビはまだまだ高嶺の花でしたから、みんな街頭に設置されたテレビ

（街頭テレビ）に群がり、プロレスラーの力道山がアメリカのシャープ兄弟を空手チョップでなぎ倒すのを拍手喝采しながら観戦していました。

そんな姿は映画『ＡＬＷＡＹＳ　三丁目の夕日』にも出てきたように思います。昭和、戦後といえば真っ先に思い出すイメージの一つではないでしょうか。

きっと、戦争でアメリカに負けた日本人の〝怒り〟を力道山が晴らしてくれていたのでしょう。それを見た日本人はみんな溜飲を下げたはずです。

こんなノスタルジーにふけるのには理由があります。

私には七歳離れた兄がいました。残念ながら、この本の執筆中に八三歳で世を去りました。とても優しくて頭の良い兄で、私にスポーツ全般を教えてくれました。目をつぶれば、脳裏に兄とのいろいろな思い出が蘇ってきます。

「親父の亡くなった歳（八五歳）までは生きたい」

——兄は口癖のようにそう言っていましたが、残念ながらその願いはかないませんでした。さぞかし、無念だったろうなって思います。

それにしても、人間の寿命って何なんでしょうね。

兄の享年八三も、昔なら長生きしたなと言われるところでしょうが、今なら、「まだまだお若いのに……」と言われる年齢です。

よく「人生百年時代」なんて言っていますが、日本人の平均寿命は延びても、結局、一人ひとりの寿命なんて誰にも分からないものです。昭和に生きた親父の寿命より、平成、令和を生きた兄の寿命の方が短いんですから……。


でも……悲しんでばかりもいられません。

私にはとても素晴らしい親族がいます。二歳下の義兄と八歳下の義姉、一九歳下の義弟と二一歳下の義妹……え～と、ちょっと複雑で相関図を書かないと分かりませんよね（笑）。でも本当なんです。

その親族がことのほか楽しい連中で、これまた、何かあれば全員集合です（土曜の夜のドリフみたいにね）。その他、義理の叔母姉妹、妻のいとこの子供、はたまたその子供や孫（？？？）と、全員集まったら、二五～三〇人にもなります。

今どき珍しいほど大人数の一族で、私はその輪の中にいるだけで幸せです。

ほんと、集まるとワイワイガヤガヤ、飲めや歌えの大騒ぎで、しかも全員、酒好きとききてますから私とウマが合わないはずがありません。

ただ、つらいのは冠婚葬祭の時です（笑）。

人数が多い分、出費も多いわけですが、これぱかりはお互いさまです。とにかく楽しい連中で、兄を失った悲しみを癒してくれています。

悲しみといえば、義妹も二年前に若くして帰らぬ人となってしまいました。家族全員の必死の看護も虚しく、六〇歳という早すぎる別れでした。

今でもみんなで思い出しては涙しています。


そんな悲喜こもごもがあるから、より深い家族の絆があるのだと私は思います。確かに家族はつらいです。だけど、それればかりじゃありません。

結局、私はこう思います――。

「それでも家族は素晴らしい。家族に乾杯！」ってね。

17. 憧れの若大将に魅せられて

『大学の若大将』(一九六一年)に始まる東宝の若大将シリーズは完全制覇しました。

当時の映画館は入れ替え制ではなく、続けて観ることができました。私は自他ともに認める加山雄三さんの大ファンですから、お弁当を持ち込み、最前列に陣取って、朝一番の上映から丸一日、文字通り食い入るように加山さんを見つめていました。

そんな加山さんの曲『君といつまでも』や『夜空の星』、愛船を歌った『光進丸』など、好きな歌を挙げればきりがありません。そして、ポール・アンカが作詞し、フランク・シナトラが歌った『マイ・ウェイ』を聞くのも大好きな私ですが、加山さんが英語で歌う『マイ・ウェイ』も、もちろん私はお気に入りです。

人生の終わりに近づき
幕が下りようとしている今
友よ、はっきり言おう

確信を持って言えることを
私は充実した人生を送ってきた
あらゆることに挑戦したが
それより大切なことは
自分の信じる道を歩み続けたことだ

――まさにその通りですね。

そんな加山さんは今年で八七歳になられましたが、私はこの本が出る頃には七七歳になっています。加山さんは丸一〇歳違う、人生の大先輩というわけです。

私は憧れの大先輩のような偉大な人間ではありませんが、これまでの人生を見つめ直した時に「私は充実した人生を送ってきた」と言いたいですし、「苦難の時もあったが、自分の信じた道を歩み続けた」と胸を張って言いたいものです。

なんて、格好良すぎますかね？

たとえ格好良すぎたとしても、加山さんの境地に追いつくにはまだ一〇年のアドバンテージがあります。ということは、今後の一〇年をいかに生きるかが試されているのだと思います。来たる人生の総決算の日に向けて、自分の人生が「充実した人生だった」と言えるかどうかは、これからの一〇年が重要で、それこそが私の人生の本当の正念場というわけです。もちろんこれまでの人生も全力投球でしたが、これからの一〇年も全力投球しないといけないと思うようになりました。

さて、私はこれまで二二歳から七七歳まで五五年間働き続けてきました。俗に言う山も谷も乗り越えて、全力で生きてきました。

しかし、その五五年間で〝何を学んだのだろう？〟〝何を得たのだろうか？〟と考える時、いつも頭に〝これと言ってないな。大したことなど残していないし、何をしてきたんだろうか？〟という答えが浮かんで、頭を抱えてしまう自分がいます。

そんなことを酒友に話すと、いつもこう言われます。

「そんなことはないよ。会社だって成長してるし、かけがえのない家族や友人もいるじゃないか。君は人にたくさんの幸せを与え、関わってきた人たちからもたくさん幸せをもらっているじゃないか！」

〝そうか、これで良かったんだな〟と思うわけです。

自分の人生、あるがままに生きてきたと。あるがまま、自由気まま、自然体、嘘いつわりのない、何にも左右されない……そんな言葉が浮かびます。

私の好きなゴルフにも「あるがままにプレーする」という精神があります。プレーヤーが他のプレーヤーの一人ひとりに気を配り、ゴルフ規則を守ってプレーするという誠実さと謙虚さを意味します。

〝Play the ball as it lies〟

一つのボールをあるがままに打っていくというゴルフの精神、これこそが一番大事な人生の教訓なんだと感じています。

〝商売＝儲け〟〝商売＝勝・負〟で、気配り、謙虚とはほど遠いものだと思ってきましたが、そうではなかったんです。〝商売＝謙虚、誠実〟なんですね、やっぱり！

「あるがまま！」――実にいい言葉ではありませんか。

今夜もあるがままに酒を飲みましょうって、結局、最後は飲むんですよね（笑）。

18. あなたは〝終活〟してますか？

先ほど、セカンドライフなんてないと書きましたけれど、私は今、企業人であると同時に、作詞家の真似事をしてますし、ゴルフも好きですし、酒も好きと、仲間と楽しい日々を送っています。そういう意味では青春時代がファーストライフなら、独立した会社時代がセカンドライフで、今はサードライフなのかも知れません。

セカンドライフで苦労した分、サードライフで思いきり充実した人生を送れているのは非常に嬉しいことです。でも、ファースト、セカンド、サードと来たら、次はやっぱりホームに帰って一丁上がりじゃないですか、元野球少年としては。

最近はセカンドライフと言わなくなった分、〝終活〟という言葉が流行してるみたいですね。就活じゃなくて終活です。まあ、字を見ればどんな意味か分かりますけれど、最終活動？　終末期活動？　元の言葉は何なんでしょうね。

ネットで〝終活〟を検索すると、「より良い最期を迎えるための準備を行う大切な活動」だそうで、遺産相続や身の回りの不要品の整理であったり、あるいは人間関係とか、家の処分や葬式、お墓の準備とかいろいろあるみたいです。

びっくりしたのは、終活を始めるのは五〇代、六〇代だろうと思ったら、最近では二〇代や三〇代から考えている人もいるそうです。おいおい、まだ何も成し遂げてないのに終わり方を先に考えてもしょうがないだろうと団塊一期生は憤るわけです。

それはさておき、簡単にできる終活として年賀状をやめるというのがあって、「今年で年賀状は終わりにします」と書かれた年賀状が届くようになりました。

また、体が不自由になった年寄りにとっては暮らしにくい一戸建てを売却して、そのお金でバリアフリーのマンションに住む人も増えているようです。

そういう私もだいぶ前に財産分与を明記した遺言書を書いて弁護士に預けていますから、もし、明日何かあってホームに帰還しても〝立つ鳥跡を濁さず〟で、親族、会社で問題が起きないようにしていますから心残りはありません。

それでやっぱり、終活という言葉には一抹の寂しさを感じます。

まだまだ生きている限り終わりではないですからね。ひと言で言えば、終活で守りに入るより、もっともっと挑戦や冒険を続けて欲しい。私なんか還暦を越えてから作詞家、歌手と新しい肩書が増えて、酒友もできたんですからね。

先ほど、夜寝る前に人生の損益計算書を考えることがあると書きましたように、さほど大きな後悔はない人生でしたが、その時点、時点で見れば、失敗したり、間違ったり、いろんなことがありましたよ、もちろん人生ですから。

当たり前ですけれど、人生をトータルして今見ると、そんなこともあったし、こんなこともあったけれども、結果的には今、そこそこ生きてこられているなという実感があります。この先、悪いことでもしない限りは大丈夫だと（笑）。

でもこれが、仕事がうまくいかない、会社がおかしくなってしまう、体が悪くなってしまう……そんなことが起きればまた違ってくるのでしょうが、それでもまあ、現時点では少なくとも満足いく人生を送れています。だから酒飲みすぎちゃう（笑）。

まあ、自分の人生を振り返って、〝そこそこ幸せだったな〟と思えるのが一番いいって、前にも書きましたけれど、そういう状態に今、ちょっとずつ近づいている自分であるのはとても嬉しいことですよ。

例えば、定年を迎えてからお金で苦労しているとか、熟年離婚だなんだと夫婦仲で苦労しているとか、親子や兄弟間で争っているとか、あるいは会社が大きな社会問題を起こしてしまったとか、そういうのが一つもないですからね。これはそれなりに報われた人生ではないだろうかということで、大いに感謝しています。

私は喜寿を迎えてまだまだ元気ですが、同年代の連中だってもっと活躍できると思いますし、もっともっと日本人の健康寿命が延びて、〝七〇代、八〇代はまだまだ鼻たれ小僧だ〟くらいの感じで、最期の日まで暴れていきたいですよね。

でも、この先の人生に何があるか、運命なんて分からないですからね。二、三年もしたら病気になってコロッと死んじゃうかもしれません。

よく言われているように「明日死んでも後悔はしない人生の過ごし方をしよう」と思いますけれど、明日、いきなり事故で死んじゃったら、それはそれで後悔して化けて出るよね（笑）。

それでもやっぱり、最後の最後まで楽しい日々を送って、死ぬ寸前まで後悔しなかったらそれが一番なんじゃないでしょうか。

19. 角を削ってまるっと生きる

テレビの草創期から活躍して、『11PM』や『クイズダービー』『世界まるごとHOWマッチ』などの人気番組で司会をしていたタレントの大橋巨泉さんがリタイアしたのは五六歳（一九九〇年）でした。視聴率が高い番組を全てキッパリ辞めて、華やかな表舞台から姿を消しました。その後、一時、参議院議員として表舞台に立ちましたが、芸能界で巨泉さんの姿を見ることはほぼありませんでした。

実に潔い決断でした。この人は凄いなあと思いましたね。翻ってみると、私が独立したのが五三歳の時で、その歳から馬車馬の如く働いてきたわけですから、同じような年齢で引退を決意した巨泉さんは凄いと言わざるを得ません。

既に働かなくても残りの人生を暮らしていけるだけの蓄えがあるからこそ引退ができるんだという現実は、もちろん理解しています。

巨泉さんの引退から三四年、それは偶然にもバブルで失われた三十数年に相当するわけですが、今の日本は平均寿命が延びたり、人手不足だったりと、さまざまな理由で定年が六〇歳から六五歳に延びたり、定年以降も再契約して仕事ができる企業が増えています。六〇歳を過ぎても働かないと年金だけで生活できない人がいるのは承知していますが、幾つになっても働きたい人が働ける社会は良いと思います。

もちろん、巨泉さんがリタイアしたのとほぼ同年齢で会社を興した私には、巨泉さんのようなリアイアはできませんし、まだまだ元気ですからこの先もずっと現役で働き続けるつもりでいました。でも、それも自分が古希を越えて、間もなく喜寿を迎えようというこの年齢になって、そうした考えも少し変わってきました。

そうは言っても、ここまでお読みになられた方はお分かりになると思いますが、仕事に意欲がなくなったとか、健康に不安を覚えるようになったというわけでは一切ありません。現役を続けるか引退するかでちょっと悩んでいるのが事実です。

オーナー企業ですから、何があっても自分の会社だという認識は変わりようがありません。しかし、今の自分は会長で、会社の方向性や業務的判断をするのは社長の仕事だということも分かっています。それでも、会社のことは自分が一番分かっているつもりですから、何かあった時は自分が最前線で戦おうという考えでした。

でも、それも少し前までの話で、今は自分から最前線に出ていくのはやめようかと思っています。喜寿も一つの節目ですし、ここから徐々にセーブしていって、八〇歳まで残り三年ですし、八〇歳になったら完全に引退しようかと。

会長室も撤去して、好きに使ってもらうという考えもあります。でも、一方でそうは思っても、まだまだ元気に動ける体なのが悩ましいわけで、頭は多少ボケてますけど、今日まで六〇年近く働き通しなので自分が働かない生活は想像つきません。

最近、そういう風に考えることが多くなったせいか、昔より角が取れてきた気がします。負けず嫌いの昭和人間は、一番目指して二四時間がむしゃらに働いてきて、あちこちで爪痕を残してきました。それだけとんがっていたわけですけれど、われわれ団塊の世代はとんがってないと埋没してしまいますからね。

〝抜き身の刀〟ではないですけれど、起業してからは会社のため、社員のためならいつでも相手に斬りかかる準備ができていました。実際、取引先から理不尽な提案を強いられたことに激怒して、殴り込み同然で斬りかかったことも何度かあるのは書きました。まあ、あの時はこちらもかなりの返り血を浴びたわけですが……（笑）。

でも、残りの人生、あと三年で八〇歳、一三年で九〇歳という年齢を考えますと、抜き身の刀を鞘に納めて、角も削って丸くなった方がいいんじゃないかと思うようになりました。角を削って丸くなる――〝まるっと生きる〟というのがいいなと。仕事は社長に全部任せて、みんなと仲良く楽しく愉快に生きていきたいですね。

ただし、今はまだ過渡期ですので、ついイライラしてカリカリしてしまうこともあります。仕事でも、ゴルフでも、家庭でもそうです。ついつい地が出てしまうんです。そもそも血圧が高いですからイライラ、カリカリして頭に血が上るのは厳禁なんですよ、私は。これからはイライラ、カリカリしないように気をつけます（笑）。

沖縄の言葉に「なんくるないさ～」ってあるでしょう。何とかなるさという意味のようですけど、日常生活の中でちょっと腹が立った時でも、「なんくるないさ」の精神を思い出して、怒らず、まるっと生きていこうと思います。

20. 人を大切に、人に優しく！

私の残りの人生が果たしてあと何年なのかは分かりませんが、そんな風にまるっと生きていこうと思っています。

だって、イライラ、カリカリが溜まっていったら、血圧は大丈夫でも、その内、病気になるでしょう。ストレスは抱え込まないほうがいいんです。性格的には真逆の人間ですから、何時いかなる時でも穏やかな境地……というわけにはなかなかいきませんけれど、最後はそういう境地になれたら最高です。

仏様にはなれませんけれど、そういう境地を目指して、最後は、みんなに慕われる存在になれたら最高です。団塊一期生だって、〝嫌な年寄りだな〟とか、〝頑固な年寄りだな〟って言われたくないですからね。

頑固ならまだ可愛げがあっていい方かもしれませんけれど、嫌な年寄りだなとは思われたくありません。特に、孫の悠吾には絶対思われたくない。

こんな私でも、やっぱり孫には甘いんですよ（笑）。

最後にもう一度、少し大切な話をしましょう。

私は五三歳で起業しました。そろそろ定年という頃（昔は定年は六〇歳です）に、無謀にも会社を立ち上げたのです。さんざん苦労もして、さんざん楽しいことも経験してきました。そして、今年で七七歳になりました。会社も二五周年を無事に迎えて事業も順調に来ています。本当にありがたいことです。

この二五年間で、人生勉強を嫌というほどしてきました。

人の温かさ、人の怖さ、人の虚しさ……私はビジネスというものは〝人と人との関わり〟だと考えています。どんなに凄い技術や仕組みを持っていても、それらの商品を売買するのは〝人〟です。結局、最後は〝人〟が判断するはずです。

この関係性で、ビジネスは成り立っているのです。いえ、ビジネスだけにとどまりません。そもそも世の中がこの関係性で成り立っているのです。だからこそ〝人〟を大切に思い、〝人〟に優しくすることが、何よりも大切だと私は思います。

そうは言っても若い頃は誰にでも失敗はあります。〝人〟を傷付けたり、裏切ったり、まあ、それは誰にでもある若気の至りのようなものです。

もちろん、私もそうした失敗をたくさん経験してきました。

だからこそ、喜寿を迎えて〝人〟との関係を大事にしていきたいと考えています。七七年の人生の中でできあがった数えきれないほどの角を一つひとつガリガリと削るのはとても大変です。しかし、一つでも多く角を削って、〝まるっと生きる〟ことができるようになりたいと思います。

そして、もう一つ、〝美点凝視〟という言葉があります。

人の短所ではなく長所に着目するという意味です。どうしても長所より短所に目がいきがちですから、ついつい粗探しをしてしまいます。

そうやって人の欠点ばかりを見てしまうと、その人の可能性を見誤ることになりかねません。そうではなく、人の良いところを見て、ゆったりとした気持ちで毎日を送りたいと考えています。余裕を持ってその人を見極めれば、誰だって長所の一つや二つは持っているものなのです。人の短所を見てばかりの人生より、人の長所を見ている人生の方が楽しいに決まっていますからね。


「あと二〇年しか生きられないのだから……」

――これは私の古い友人の口癖です。彼は今、八〇歳です。その内、科学技術が発達して人間の寿命が一二〇歳とか、一三〇歳まで延びるかも知れません。とは言っても、私が生きている間は無理でしょうから、現実はせいぜい人生九〇年時代です。だったら、私は残り一三年、まるっと楽しく生きたいものです。

角を取って、尖りを削って、人の悪口を言わず、人の良い部分を見て、まるくゆったりのんびりと、これからの人生を生きていこうと思います。

そして、これから訪れるであろう終焉に戸惑うことなく、恐れることなくしっかりと目を見開いて、自分の人生に下りる緞帳を最期まで見つめる勇気を持っていたいとつくづく思いますし、そうした生き方をしていこうと思っています。

今までの人生を反省し、明日の自分に期待しながら――。

追記　団塊一期生、船旅に出る

この本を書き終えてひと息ついたある日、私は妻と何度目かの船旅に出ました。日本初就航の豪華客船「シルバー・ムーン」に乗って西日本を半周し、韓国・釜山にも寄る一〇日間のクルーズ旅です。

東京青海の国際クルーズターミナルを午後四時に出港し、和歌山の熊野・新宮に到着したのは翌日の朝九時です。天候のせいか、（豪華客船にしては）小型船だからなのか分かりませんが、かなり揺れました。夜中、船に乗っているのをすっかり忘れて、〝地震か⁉〟と勘違いして何度も起きてしまいました。

ご存知のように新宮市には熊野速玉大社があり、田辺市の熊野本宮大社、那智勝浦町にある熊野那智大社と合わせて「熊野三山」と呼ばれています。熊野速玉大社は前世の罪を浄め、熊野那智大社が現世の縁を結び、熊野本宮大社が来世を救済すると言われているそうです。

熊野本宮大社で有名なのが、本宮までの一五八段の石段です。途中、さすがに疲れてゆっくり登っていると、人生の先輩から「ゆっくりおいで！」などと声をかけられました。その瞬間、私の闘争心に火が点きました。スピードアップして最後は私が先に到着し、〝どうだ！　見た目より若いんだぞ〟と内心ほくそ笑みました（笑）。

一日の締めは美味しい食事と飲み放題のお酒です。もちろん、ここぞとばかりに飲みましたよ。そして、ほろ酔い加減になった私は〝度胸試しでもするか〟と思い立ち、カジノに向かいました。

すると、二人の御婦人がスロットマシンと闘っていました。聞くと、お二人はオーストラリアに二十数年住んでいたそうですが、いろいろあって帰国されたとか。カジノが滅法お好きで、これまでに家一軒買えるくらいは注ぎ込んだそうです。

顔を合わせる度、「今日はツイてたわ！」とか「今晩はだめね……」とか実に爽やかで明るいギャンブラーコンビで、私は「カジノおばちゃんズ」と命名しました。

しばらく前に騒動を起こした元通訳とは違って合法ですから、悲壮感はまるでなく、カジノおばちゃんズは近所のスーパーで日用品でも買うように、最終時間の深夜零時までカジノに出入りして、毎日、毎晩、淡々と勝負に臨んでいました。

翌日は徳島に寄港し、鳴門市にある「大塚国際美術館」を訪ねました。ミケランジェロの「最後の審判」やマネの「笛を吹く少年」、ゴッホの「ひまわり」などの名画を鑑賞して芸術家気取りになって、「やっぱり本物は違うな」と一人悦に入っていたところ、「全部陶板だよ」と言われて泣きたい気持ちになりました。

そもそも日本にないですからね、無知にもほどがあるというものです（笑）。

その翌日は韓国・釜山に上陸です。トッポギ、キムチ、クッパなど韓国料理を満喫して、「アンニョンハセヨ」「カムサハムニダ」なんて、気分はペ・ヨンジュンです。

地元のバスガイドさんに「日本と韓国はもっと仲良くしましょうね」としきりに言われて、本当にそうだよなと心から考えさせられました。

道中、トランペット奏者の日野皓正さんのスペシャルライブも堪能しました。

日野さんは御年八一歳とか。素晴らしい本場のジャズ演奏に酔いしれると同時に、自分もまだまだ頑張らないといけないなと痛感しました。

その後、長崎や鹿児島、奄美大島、伊勢志摩を堪能して帰投しました。

――今回のクルーズ旅で思い知らされたのは、団塊世代の一期生などまだまだ若造だということです。九三歳という最高齢の方をはじめ、八九歳で世界旅行一〇〇日の旅を三度も経験している〝スーパーアンクル〟もいらっしゃいました。

他にも、ハットを被って杖をつきながら楽しそうにジャズのリズムを取っている方、背中はやや丸くなりながらも食欲旺盛でお酒も飲まれる方、歌詞を見ることなくプロの歌手のようにポーズを取りながらカラオケを熱唱される八〇代半ばらしき方など、まさに多士済々です。娘さんに手を引かれて船内をニコニコしながら歩かれている九〇歳過ぎとお見受けするご婦人もいらっしゃいました。

いやはや物凄くお元気な〝先輩方〟ばかりで、若造としては〝この本は喜寿じゃなくて米寿になったら出そうかな⁉〟などと、一瞬、真剣に考え直しましたよ。

そして、極めつけが各寄港地での子供たちによるセレモニーです。

「また来てね！　ありがとう」という清く澄んだ声に、度々、涙が止まらなかったのは歳のせいか、船旅ゆえの感傷か——思い出溢れる楽しいクルーズ旅でした。

おわりに――昭和、平成、令和と生きて

冒頭にも書きましたように、昔は「明治は遠くなりにけり」と言って、明治、大正、昭和の世代の移り変わりを懐かしんだものですが、今は昭和、平成、令和ですもんね。

今までさんざん、今を憂い儚いと書いてきましたが、その一方で、令和だからこその素晴らしい未来が見えてきているとも感じています。

それはＡＩ技術の進化です。日本の人口が減少しているからＡＩに頼るとか、ＡＩが人間のやることを奪ってしまうみたいな考え方もなくはないと思いますが、見方を変えれば、実に効率的で無駄のない世界が創られると期待しています。

今や新卒採用で何百人もの応募がある大企業は、エントリーシートでの選考をＡＩが行ったり、人事評価も作業分担もＡＩ主導で行っているそうです。ＡＩに使われるのではなく、使いこなすことが未来を創造する企業の使命だとか。気がつけば、人間の人生がＡＩによって篩《ふるい》にかけられる時代が既に来ていることに驚きます。

飲食店で「注文はタブレットで」なんて言われて、席を蹴って帰るようじゃついていけ

ませんよね（笑）。注文した唐揚げをロボットが運んでくる時代です。

「支払いはペイペイで」なんてしたり顔で言いたくはないですが、時代についていくのも楽しいかもしれません。だからと言って、私の場合、自分の書いたエッセイをＡＩが添削して、ダメ出しされたら怒り狂いますけどね（笑）。

車が自動運転で走ったり、空を飛んだり、まるで映画『バック・トゥ・ザ・フューチャー』みたいな世界がもうそこまで来てるっていうことですよね。

いまだにｉＰｈｏｎｅに悪戦苦闘してる場合じゃないんですよ、皆さん。

視点を変えれば、令和は夢の世界の始まりかもしれないでしょう。この夢の世界を、私たち後期高齢者も存分に享受しましょうよ。

それでは団塊世代のご同輩の皆さん、この先の一〇年間を一緒に元気に精一杯生きて、胸を張って自分の信じる道を歩み続けようではありませんか。

令和六年四月二九日、昭和の日に

澤地哲夫

著者プロフィール
澤地 哲夫（さわち てつお）

株式会社マックス取締役会長。昭和22（1947）年８月15日東京都生まれ。広告会社、ＳＰ（セールスプロモーション）会社に身を置いた経験から、売れる売り場をつくる「店頭マーチャンダイジング」の将来性にいち早く着目し、53歳にして起業。社員に対する「愛・情・熱」を大事に楽しく仕事をする「ワクワク経営」という理念を貫き、創業以来、黒字経営を続ける。平成27（2015）年に社長を退き、会長となる。著書に『人に優しい会社をつくる！　53歳で起業、年商50億円企業に導いた経営哲学』（文芸社）。

撮影／佐藤秀光（さとう　ひでみつ）
イラスト／荒川亜貴（あらかわ　つぐき）

昭和は遠くなりにけり　団塊一期生の愚痴話

2024年10月15日　初版第１刷発行

著　者　澤地 哲夫
発行者　瓜谷 綱延
発行所　株式会社文芸社
〒160-0022　東京都新宿区新宿1－10－1
電話　03-5369-3060（代表）
03-5369-2299（販売）

印刷所　株式会社エーヴィスシステムズ

ISBN978-4-286-25860-7　　日本音楽著作権協会（出）許諾第2404967－401号